Stef Soto,

la Reina

del Taco

Una novela por

Jennifer Torres

HarperCollins *Español*

© 2018 por HarperCollins Español
Publicado en Nashville, Tennessee, Estados Unidos de América.

Título en inglés: *Steff Soto, Taco Queen*
© 2017 por Jennifer Torres
Publicado por Little, Brown and Company.

Todos los derechos reservados. Ninguna porción de este libro podrá ser reproducida, alma-
cenada en ningún sistema de recuperación, o transmitida en cualquier forma o por cualquier
medio —mecánicos, fotocopias, grabación u otro— excepto por citas breves en revistas impresas, sin la autorización previa por escrito de la editorial.

Nota de la editorial: Esta novela es una obra de ficción. Los nombres, personajes, lugares
o episodios son producto de la imaginación de la autora y se usan ficticiamente. Todos los
personajes son ficticios, cualquier parecido con personas vivas o muertas es pura coincidencia.

Editora en Jefe: *Graciela Lelli*
Traducción: *Danaé Sánchez*
Adaptación del diseño al español: *Grupo Nivel Uno, Inc.*

ISBN: 978-1-41859-786-3

Impreso en Estados Unidos de América
18 19 20 21 22 LSC 9 8 7 6 5 4

Para mis padres, Lorraine y Sam Torres

Capítulo
1

Papi había hecho una fiel promesa de no traer a Tía Perla a la escuela, Saint Scholastica, pero cuando suena la campana el lunes por la tarde, ahí está ella como siempre, esperándome en el aparcamiento: otra vez, Tía Perla. Tía Perla, como siempre. Tía Perla, que jadea, resuella y luce un poco desaliñada sin importar cuán limpia esté en realidad. Tía Perla, que deja oliendo a jalapeños y aceite de cocina a quien se le acerque: una combinación no tan mala que se aferra a tu cabello y se cuela por debajo de tus uñas. Tía Perla, el camión de tacos de Papi, atascado en un estacionamiento con capacidad para coches mucho más pequeños. Para coches normales. ¡Para furgonetas! Para algo beige o marrón o blanco, con cuatro puertas y ventanillas eléctricas.

Yo quizá luzca tan molesta como me siento, porque justo en ese momento, mi mejor amiga, Amanda García, deja de explicarme cómo convirtió una vieja camiseta en una nueva diadema, y menea el dedo.

—Cuidado, Stef —me advierte con su mejor voz de abuelita regañona—, continúa torciendo los ojos y se te quedarán así.

Yo le tuerzo tanto los ojos que parece que se me saldrán por la frente. Ella bufa, coloca su diadema por sobre las orejas, y se va trotando hacia su práctica de fútbol soccer, dejándome para lidiar sola con Papi y con Tía Perla.

Cuando era más pequeña no me importaba el camión de tacos; y ver a la Tía Perla en el aparcamiento de mi escuela católica significaba totopos de maíz y soda fría para todos mis amigos. En ese tiempo, cuando Papi me colocaba en el asiento delantero, yo era la realeza del patio de juegos. A nadie *más* lo recogían en un camión de tacos.

Pero ahora *ya no* recogen a casi nadie, ya ni hablar de recogerlos en un camión de tacos.

He estado negociando durante meses, intentando persuadir a Mami y a Papi que me dejen caminar sola, ni siquiera hasta la casa, solamente hasta la estación de servicio a unas cuadras de Saint Scholastica, donde Papi se estaciona casi todas las tardes. Les juré que llegaría directo allá. No me detendría para nada;

no hablaría con nadie. Supe que no les encantó la idea, pero este fin de semana, Mami y Papi finalmente habían aceptado.

¿Entonces por qué estaba Tía Perla en el aparcamiento, mientras Papi saludaba desde el asiento delantero?

Me agacho al suelo, pretendiendo atarme los cordones y pensando: Quizá si permanezco así suficiente tiempo, Papi recordará nuestro acuerdo, *se marchará* y me esperará en la estación de servicio como planeamos.

En cambio, toca la bocina y me saluda todavía con más ahínco.

—Ah, ¿no es él tu papá, Estefanía? —pregunta Julia Sandoval, más fuerte de lo necesario.

Esto es perfecto. Me levanto y le digo efusivamente:

—Gracias, Julia. *Muchas* gracias. *Siempre* eres. *Muy. Conveniente.*

Inclina la cabeza y me muestra su centelleante y dulce sonrisa.

Camino por el aparcamiento con la mirada puesta en el suelo y los brazos cruzados malhumoradamente contra el pecho. No levanto la mirada, ni siquiera mientras abordo el camión, hasta que Papi me pregunta, como lo hace todos los días:

—¿Aprendiste algo?

¿Aprendí algo? Quizá aprendí que él no puede respetar su parte del trato. Me mantengo callada mientras examino furiosamente mi glosario mental de irritación en busca de las

3

palabras adecuadas que expresen exactamente cuán frustrada estoy. No se me ocurre ninguna; en cambio, le lanzo a Papi una mirada que dice: *¿Estás bromeando?* Espero que quede suficientemente claro.

Baja los hombros y menea la cabeza.

—¿Qué puedo decirte, mija? Esos chicos de la estación de servicio debieron haber olvidado su cartera o su apetito. Posiblemente ambos. Ya no pude quedarme a esperar clientes. Veamos si tienen hambre en el centro. —Yo no sé qué responder a eso, y antes de pensar algo inteligente, escucho *bam*, *bam*, *bam*, *bam* en mi portezuela.

—¿Qué? —me confundo un momento, y luego se me ocurre quién debe estar tocando. Bajo la ventanilla, y, como era de esperar, es Arthur Choi, con todo y sus 1.47m, y casi 1.52m con todo y cabello. Me mira y baja sus audífonos hacia el cuello: son anaranjado brillante, y tan grandes que parece que lleva puesto un chaleco salvavidas.

—Hola, Stef. ¿Crees que puedas darme un aventón a la biblioteca? —normalmente la mamá de Arthur lo recoge de la escuela, no porque no confíe en que camine solo, sino porque vive muy lejos. Cuando ella sale tarde de trabajar, él la espera en la biblioteca, mientras termina su tarea, lee revistas y escucha su música. Sin chaperón. En paz. Arthur y yo nos conocemos desde el jardín de infancia, cuando su mamá y mi papá metían a todo el autobús escolar en su minivan cuando nuestro salón tenía una excursión. Sin embargo, a diferencia de mis padres, parece que los de Arthur se han percatado de que él ya no tiene cinco años de edad.

Volteo a ver a Papi.

—Órale —asiente. Esa es una palabra que tiene muchos sabores. En ocasiones significa «Sí», y en otras «¡SÍ!». A veces «Escucha», y a veces «Te escucho». Esta vez significa «¡Desde luego!», y yo me deslizo hacia el medio del asiento corrido, mientras Arthur se sienta junto a mí de un brinco.

Finalmente, Papi enciende el motor, y tan pronto como lo hace, estoy segura de que su música de banda rebota y se derrama de los parlantes por las ventanillas abiertas. Impávido, Arthur menea la cabeza al ritmo de *um pa pa*. Yo azoto la mía contra el asiento y cierro los ojos con fuerza.

—Por favor, ¿podemos marcharnos ya?

Capítulo 2

Papi se detiene en el bordillo en frente de la biblioteca. Yo espero que mantenga encendido el camión mientras Arthur toma su mochila del suelo de la cabina; en cambio, se estaciona, desabrocha su cinturón de seguridad y desciende.

No podemos detenernos aquí, pienso mientras evalúo el vecindario que está al otro lado del parabrisas de Tía Perla. No hay edificios que parezcan cajas de zapatos, llenos de abogados, de contadores o de agentes inmobiliarios. No hay talleres mecánicos con clientes impacientes sin turno que buscan perder el tiempo mientras esperan un cambio de aceite o una prueba de emisión de gases. Nada más que casas impecables con césped impecable y un aro de baloncesto en la entrada de algunas de ellas. Justo detrás de la biblioteca hay un parque infantil con un columpio de neumático, un tobogán y un par de bancas, y de no ser experto en el terreno de los camiones de tacos, podría considerarse prometedor. Pero sé por experiencia que uno podría permanecer aparcado durante horas en un parque de juegos como ese, y habría suerte de ver a una o dos personas paseando a su perro. Una de ellas se acercaría a la ventanilla, pero solo para pedir un vaso de agua gratis.

—Arturo —grita Papi.

Arthur asoma su nariz de detrás de la mochila, donde ha estado buscando su tarjeta de la biblioteca. Él me mira de reojo con las cejas apretujadas, como preguntando: ¿Qué sucede?

—No tengo idea —le digo.

Él abre su portezuela, y ambos descendemos, siguiendo la voz de Papi hacia la parte trasera del camión. Lo encontramos en la tabla de cortar, a punto de picar un montón de cebolletas. Papi trabaja rápidamente, cortando el jitomate en cubos, espolvoreando pimienta. Cuando termina, le presenta a Arthur algo que parece un burrito, pero está envuelto en una lechuga gigante en lugar de una tortilla. «Preparado especialmente para ti —anuncia con garbo—. El súper burrito sin trigo, sin lácteos, sin huevo, sin nueces y sin carne.

Arthur es básicamente alérgico a todo, y es vegetariano por razones ambientales. A veces, cuando no hay clientes, Papi experimenta con platillos nuevos aptos para Arthur, asegurando que el desafío mantiene sus habilidades en la cocina tan afiladas como sus cuchillos. Agregamos las mejores recetas al Menú oficial de Arthur Choi, una nota pegada en la puerta del refrigerador. Hasta ahora hay una ensalada de mango con maíz rostizado y rodajas finas de cebolla roja; mitades de aguacate rellenas de arroz, chile verde, cilantro y pimiento; y una banana demasiado madura, cortada en cuñas y salteada en margarina, azúcar moreno y canela, hasta que cada rebanada crujiente flote en una rica salsa acaramelada.

Me pregunto qué inspiró el burrito de lechuga de esta tarde, me doy cuenta de que si Papi tuvo tiempo para inventarlo entre cliente y cliente, después de todo en realidad debió haber tenido un día lento con Tía Perla. *Y...* es posible que yo exagerara acerca de todo el asunto de la estación de servicio. Lo miro de reojo. Papi me mira y me guiñe, antes de darle un codazo a Arthur para que lo pruebe.

—Ándale —le dice.

—Sí, vamos —añado, ahora con curiosidad—. Pruébalo.

Arthur examina el burrito un momento, luego se devora casi la mitad con una gran mordida. Papi y yo lo miramos, hambrientos de su reacción.

—*Aaaaammm* —murmura con las mejillas llenas como si escondiera pelotas de pimpón adentro. Deglute.

—Muy bueno, Sr. Soto. No tan bueno como las bananas, pero muy bueno. Gracias.

—¿*Muy* bueno? —Papi se cruza de brazos e inclina la cabeza—. ¿Entonces entra en el menú?

Arthur me mira, mira a Papi, y sonríe.

—Entra en el menú.

—¡Órale! —grita Papi, estirando las manos para chocarlas con Arthur y conmigo—. Se va al menú. La especialidad de la casa.

Mientras Arthur vuelve a devorar su burrito, Papi mira la puerta de Tía Perla y le da un golpecito, como felicitando a un amigo con una palmada en la espalda, luego aborda la cabina de un salto y se acomoda en su asiento.

Después de dos mordidas, cuando terminó de comer, Arthur me hace el signo de paz y se coloca los audífonos. Mechones puntiagudos de cabello salen alrededor del aro anaranjado. «Nos vemos», le digo. Papi y yo lo vemos atravesar la calle. Papi no enciende el camión hasta que se abren las puertas de la librería para dejar entrar a Arthur, y luego se cierran cuidadosamente detrás de él.

—¿Nos vamos? —me pregunta él.

—Vámonos —asiento.

Conducimos hasta una tienda de conveniencia en el centro, cuyo dueño nos permite utilizar el aparcamiento con la condición de enviar clientes a que compren sus gaseosas. Es un trato justo. La pequeña tienda no es la parada más concurrida de nuestro camino, pero sabemos que podemos contar con algunos clientes regulares: transeúntes que se detienen por tortas y tacos para comerlos de camino a casa; hombres canosos con camisas almidonadas que llegan a la tienda por billetes de lotería y deciden que un burrito también es una buena apuesta.

Mientras Papi levanta el toldo, calienta la parrilla y despliega dos sillas de metal de cada lado de una mesa plegable manchada de salsa, yo arrastro mi mochila hasta el lugar en la mesa de cortar que él siempre despeja para que yo termine ahí mi tarea. Él me pilla tomando un puño de totopos, y pronto aparece en el plato una quesadilla cortada en cuñas colocadas alrededor de una cucharada de guacamole junto a mi libro de matemáticas. La gente siempre me pregunta si me canso de la comida del camión de tacos, si me aburre comer lo mismo una noche tras otra. Pero lo que no saben es que nunca es lo mismo. De alguna manera, Papi siempre me prepara justo lo que se me antoja. En los días más calurosos, aquellos en que mi fleco se me pega a la frente, hay ensaladas salpicadas con jugo de limón. Cuando salgo exhausta de la escuela luego de un examen de historia particularmente difícil, tengo el consuelo de una tortilla de harina con nada más que mantequilla derretida untada.

Yo le pongo a mi quesadilla una cucharada de guacamole y me preguntó qué estará haciendo Mami en casa. Preparándose para ir a trabajar, supongo. Ella es cajera en una tienda de comestibles abierta toda la noche. Nunca creerías, siempre dice ella, lo que la gente necesita a la una de la mañana: una caja de mezcla para panqueques, una tarjeta de cumpleaños, un melón. La mayoría de las veces no llega a casa hasta que yo ya estoy en la cama, y ya que a Mami y a Papi ni siquiera se les *ocurrirá* dejarme sola en casa, permanezco aparcada con Tía Perla hasta que el ajetreo de la cena amaina... parece una eternidad.

Sin embargo, Papi finalmente me da una palmada en el hombro. Ya ha vertido la última porción de crema agria en el último súper burrito del día, y es tiempo de recoger Tía Perla. La llevamos al comisariado, donde los conductores de toda la ciudad almacenan sus suministros y guardan sus camiones de comida durante la noche. Yo le ayudo a limpiar las encimeras y a enjuagar los grandes contenedores de plástico que utilizamos para almacenar cebollas y jitomates. Cuando terminamos, él se coloca mi mochila bajo el brazo y caminamos juntos hacia nuestra camioneta. Las brillantes luces del aparcamiento lucen muy blancas contra el cielo oscuro. Me preguntó cómo podría recrear el efecto con pintura y papel, cuando Papi bromea:

—Dile buenas noches a Tía Perla. —Yo bostezo y me despido; ella luce un poco fuera de lugar junto a tantos camiones con pintura más llamativa y parachoques cromados más brillantes, sus cansados faros nos ruegan que no la dejemos atrás.

Capítulo
3

Puedo recordar el día en que Papi trajo a casa a Tía Perla y lo estacionó en la entrada un sábado temprano por la mañana. Mami había estado caminando de un lado a otro por la sala de estar. Ella llevaba puesto su vestido verde de seda y tacones negros, como si estuviera de camino a una fiesta o a conocer a alguien importante. Yo me senté en el sofá con la falda gris que pica, que normalmente guardo para la iglesia. Cuando ella escuchó que Papi sonó el claxon, gritó, metió detrás de mi oreja un cairel suelto, y me tomó de las muñecas.

—¡Ya llegaron! —ululé.

—¡Están aquí! —ella hizo eco. Ambas salimos corriendo juntas.

Mami bajó de un brinco los tres escalones del pórtico, luego se detuvo en el césped y frunció la nariz. Después de escuchar a Papi hablar con entusiasmo acerca del camión (con una parrilla de plancha plana, una estufa de cuatro hornillas, muros de acero inoxidable y neumáticos nuevos), nosotras esperábamos una belleza, un campeón purasangre. Este camión lucía más como un animalito desaliñado en un refugio, necesitado de un baño y de un hogar amoroso. Los neumáticos *sí* eran nuevos, pero todo lo demás parecía abollado o polvoso. Aun así, Papi permaneció sonriente frente al camión, con el pecho erguido de orgullo y sus manos plantadas sobre las caderas. Mami y yo nos miramos, y luego también sonreímos.

Hasta ese sábado por la mañana, Papi había trabajado como pintor de casas para una grande empresa de construcción. Tenía que salir temprano de casa, en ocasiones antes de que encendieran las farolas, y siempre volvía a casa con los hombros adoloridos. En la noche, después de que Mami y él me mandaran a dormir, los escuchaba susurrar en la mesa de la cocina:

—Pero si pudiera emprender algo propio...

Aquellos susurros en la mesa de la cocina después de un tiempo se convirtieron en un estampido de planes y sueños. De pie junto a la estufa, mientras refreía frijoles, Papi de pronto decía con emoción:

—Cuando abra mi restaurante, serviré todo tipo de frijoles, no solamente refritos, sino frijoles negros y también frijoles de la olla.

Su madre, mi abuelita, le enseñó a cocinar cuando tenía mi edad. No sabía a dónde podría viajar él algún día, le decía ella, pero a donde fuera, él tendría sus recetas que lo llevarían de vuelta a casa. Ahora, nada hacía más feliz a papá que compartir ese sentimiento casero con los demás.

Mami les ponía a sus huevos del desayuno una cucharada de la salsa casera de Papi, probaba un bocado, y con su boca medio llena, exclamaba:

—¡Mi amor! En tu restaurante *debes* preparar tu propia salsa. Prométemelo, nada embotellado.

Y en una tarde soleada, cuando husmeaba dentro del refrigerador, buscando algo fresco para beber, le pregunté:

—Papi, ¿puede haber gaseosa de fresa en tu restaurante?

—Él tomó rápidamente del suelo y me levantó por sobre su cabeza.

—¡Órale! —gritó—. ¡Gaseosa de fresa! ¡Gaseosa de naranja! ¡Gaseosa de uva!

Yo solté una risita con mis trenzas pendiendo sobre la nariz de Papi.

—¡Gaseosa de lima! ¡Gaseosa de mango! ¡Gaseosa de cereza! —Mami meneó la cabeza, mirándonos, y me sirvió un vaso de agua helada.

Fue entonces cuando comenzamos a ahorrar. Cuando los sueños se volvieron tan reales que podíamos probarlos, tan dulces y efervescentes como la gaseosa de fresa.

Ajustarnos el cinturón fue más difícil de lo que pensé que sería, pero también fue como un juego en el que todos colaborábamos para ahorrar unos centavos. Para el desayuno, la comida y la cena, comíamos simples frijoles envueltos en tortillas de maíz... tantos que todavía no los soporto. Mami cocía parches en las roturas de mis pantalones vaqueros en lugar de comprar nuevos. También aceptó proyectos de costura de la lavandería de la esquina, recolectaba hilo y aguja después de la cena, y se instalaba para reparar una costura o ajustar un botón. Yo pensé que también podría hacer dinero extra, quizá paseando perros o quitando maleza. Mami y Papi no lo aceptaron. En cambio, ellos me pusieron a cargo de asegurarme de que nunca dejáramos las luces encendidas en una habitación vacía, y aceptaron permitirme contribuir con las monedas que había ahorrado en mi alcancía. Derramé un chorro de monedas sobre la mesa de centro, y mientras los tres las separábamos en los cartones del banco, Papi colocó su mano sobre la mía, y me dijo: «Gracias».

Trabajamos y ahorramos, trabajamos y ahorramos durante casi un año, hasta que un día, mientras Mami estaba leyendo el periódico, se detuvo y dijo:

—Eh... —Nos agitó las manos a Papi y a mí, y señaló un pequeño anuncio en la esquina de la página:

15

Camión de comida en venta. Usado, en buenas condiciones.

—Eh... —Papi y yo respondimos. No era un restaurante, pero sería nuestro y ya habíamos ahorrado lo suficiente—. No haría mal echarle un vistazo —dijo él.

Dos semanas más tarde, el camión estaba en nuestra entrada.

El dueño anterior lo había llamado La perla del mar. El nombre estaba pintado en letras azules elaboradas sobre un costado del camión, y fue lo único que Papi pensó que necesitaba arreglarse. La perla del mar sonaba a marisquería, pensó él, y ese no era el tipo de comida que lo llevaba de vuelta a casa. Nos sentamos en el césped, Mami extendió la chaqueta de Papi entre el césped y su vestido verde, e intentamos pensar en un nombre nuevo.

—Señor Salsa —propuso Mami.

Yo gruñí.

—Santos frijoles —sugirió Papi.

Yo le aventé una mata de césped. Él la esquivó y se rio.

Y luego se me ocurrió.

—Tía Perla.

Mis papás se miraron, dudando si continuábamos bromeando.

—No, en serio —les dije mientras me levantaba y me sacudía la falda—. Escuchen. —Era un nombre que sonaba como a casa les dije. Como a la comida que tu tía favorita cocina desde cero—. Además, no tendremos que pintar todo.

16

Mama meneó la cabeza de derecha a izquierda, con mi idea rondándole la mente como una canica.

—Tía Perla —dijo ella.

Papi asintió, al principio lentamente y después febrilmente.

—¡Órale! —gruñó, abrazándonos fuertemente a Mami y a mí—. ¡Órale!

Nos enorgullecimos de tener algunos minutos de felicidad hasta que Papi se dio una palmada en la frente.

—¡Casi se me olvidaba! —Él subió de nuevo al camión y volvió con tres botellas de gaseosa de fresa. Tía Perla estaba en casa y era oficialmente parte de la familia.

Durante los siguientes fines de semana pintamos el paisaje marino que habían pintado con aerosol en los costados del camión, reemplazándolo con montones de rosas rojas y blancas. También cubrimos la mayor parte de la escritura, todo menos Perla. Papi me había subido a una escalera de tijera y me dio un pincel. Escribí Tía, con golpes cuidadosos.

Cinco años más tarde, nuestra pintura está desteñida y dentada, y las palmeras del antiguo paisaje marino se están asomando en algunas partes. Necesita un retoque, pienso, mientras esbozo en los márgenes de mi cuaderno de estudios sociales. ¿Pero quién lo hará? Yo definitivamente no deseo pasar más tiempo del necesario con Tía Perla.

Capítulo 4

La casa de Julia, detrás de una alta verja de hierro forjado, parece como si perteneciera a un planeta diferente al mío, el cual es pequeño y está pintado de rosa. Pero de veras, está a solo unas cuantas cuadras. Nuestros abuelos eran amigos en México, y el papá de Julia era quien poseía la empresa de construcción donde Papi solía trabajar. Cuando éramos pequeñas, antes de Tía Perla, Mami solía llevar a Julia en el coche a la escuela todas las mañanas y traerla de vuelta a nuestra casa todas las tardes. Julia y yo acarreábamos los bolsos y zapatos de vestir viejos de Mami al pórtico y pretendíamos ser actrices. O banqueras. O espías. Julia siempre decidía, pero siempre era muy divertido.

Más tarde, cuando pasamos a séptimo grado, Julia decidió que ya era demasiado grande para tener una niñera y persuadió a sus padres que le permitieran tomar el autobús hacia la escuela. No el autobús escolar; el *verdadero* autobús público. Ella es la única del salón que lo toma, y es su tema de conversación favorito. Ella llega revoloteando a la clase segundos después de que suene la campana, se despeja el fleco de la frente, y suspira: «Ay, señorita Barlow, *siento* tanto no haber llegado a tiempo, pero mi *autobús* se retrasó». Como si fuera su propio autobús personal. O en el almuerzo, cuando se para al extremo de una mesa, zapateando en el linóleo hasta que todos hacemos una pausa en nuestra conversación y levantamos la mirada: «No van a *creer*», comienza, luego de asegurarse de tener la atención de todos, «lo que sucedió en mi *autobús*». Como si a alguien en realidad le importara.

Pero lo que sucede es que mucha gente *sí* está interesada. Incluso yo. Es como si ella estuviera viviendo la versión de séptimo grado de las vidas glamorosas que solíamos actuar en nuestro pórtico.

El martes por la tarde veo a Julia en el pasillo, jaloneando libros de su casillero y metiéndolos en su mochila a empujones.

—No puedo *creer* que nos detuviera después de clases —le dice enfurecida a Maddie, quien está recargada en los casilleros, enroscándose su brilloso cabello alrededor del dedo. Maddie es nueva este año y se pegó a Julia desde el primer día. Arthur la conoce de la escuela dominical, pero aun así, ella dejó atrás casi por completo su antigua reputación cuando llegó a Saint Scholastica. ¿Era la primera o la última en ser elegida para formar equipos en educación física? ¿Alguna vez la enviaron a casa con piojos? ¿Siempre ganaba el concurso de ortografía? Si comenzara a utilizar plumas en la cabeza, ¿todos los demás comenzarían a usarlas también? No lo sabemos. Maddie no tiene nada que superar, ni expectativas que satisfacer. Yo me siento más que celosa.

—Puff —Julia refunfuña cuando no puede cerrar el cierre de su mochila—, voy a perder mi autobús.

Yo pienso pretender que no escuché, pero ella parece demasiado molesta, de manera que me detengo junto a su casillero.

—Julia, si necesitas un aventón, mi papá puede llevarte a casa.

Julia y Maddie se miran fijamente durante un momento.

—No, gracias —Julia pestañea. Ella se lanza al hombro su cárdigan y vuelve a luchar con su mochila.

Yo me encojo de hombros y camino por el pasillo. Apenas doy unos pasos, cuando escucho preguntar a Maddie:

—¿Por qué no te vas con ella? ¿No solías compartir vehículo o algo así?

Julia cierra su casillero de un golpe.

—¿En serio? De ninguna *manera*. Es decir, Stef y su camión huelen a tacos viejos. ¿Qué se cree, la *Reina* del Taco?

Yo no volteo. Pretendo que no escuché, pero mis mejillas arden. Julia siempre ha sido mandona y un poco presumida, pero nunca completamente mala. Miro a la derecha y luego a la izquierda. Nadie está mirando, así que jalo mi coleta hacia mi hombro, me restriego la nariz, y resuello discretamente. Es champú de vainilla con cítricos. Por eso.

Pero tengo que admitir, ¿no hay un mínimo olorcillo a tortilla quemada por ahí? Tan pronto como Papi y yo llegamos a casa unas horas más tarde, me cambio el uniforme y lo aviento todo (blusa blanca, falda plisada, suéter azul) a la secadora con tres toallas de lavanda para secadora, solo para asegurarme.

❋ ❋ ❋

Procuro que Julia no me fastidie, pero después de una semana, todavía no me convenzo de que no huelo a la Tía Perla. Antes de que comience la escuela, espero afuera de nuestro salón con mi suéter plegado debajo de mi brazo. Detengo a Arthur y a Amanda antes de que entren.

—Vengan aquí —les ordeno, tomándolos de las muñecas y arrastrándolos a la vuelta—. Huelan esto —paso el suéter por su nariz. Intercambian miradas, y luego me miran a mí—. Vamos —les digo, sacudiendo el suéter—. Huélanlo.

Ambos olfatean.

—¿Y... bueno? —Amanda levanta la mirada—. Eso fue genial, Stef, y nada extraño. ¿Ya podemos ir al salón?

—¿Pero huele a tacos? —le exijo, sacudiendo de nuevo el suéter—. ¿Soy la Reina del Taco?

Arthur acaba de tomar un sorbo de jugo de naranja de un envase de cartón. El líquido sale de su nariz hacia todo el mosaico del suelo cuando estalla de risa. «¿La Reina del Taco?», balbucea, limpiándose los labios con la mano.

Amanda lo piensa, luego se inclina para olfatear de nuevo.

—No huele a tacos —confirma—. Pero me gusta. ¿Qué detergente utilizan tus padres?

Yo revoleo los ojos. No me ayuda en absoluto. Mientras caminamos hacia el salón de la señorita Barlow para la clase de artes lingüísticas, les digo lo que escuché que dijo Julia. Arthur no puede dejar de reírse, pero Amanda gruñe:

—¿Para qué la escuchas? Ya sabes que a ella solo le gusta ser el centro de atención.

—Sí —asiento—, ya sé. ¿Cierto?

Aun así, las palabras de Julia se aferran a mí como un olor rancio. Amanda tiene su equipo de fútbol soccer, Arthur tiene su música, Julia tiene su independencia, y parece que todo lo que yo tengo es a Tía Perla. De alguna forma, tengo que encontrar la manera de limpiar las manchas que ella está dejando en mi reputación.

Capítulo
5

La señorita Barlow está terminándose una rosca y sorbiendo una taza de café, cuando nos colocamos en nuestros asientos antes del inicio de clases. Se limpia una mancha de queso crema del labio mientras nos saluda. «Comenzaremos con un ejercicio de escritura, así que vamos, saquen sus libretas mientras esperamos que suene la campana».

Yo saco la mía de mi escritorio y encuentro un lugar de la portada que no he llenado de garabatos. Casi siempre resulta más fácil dibujar lo que pienso que encontrar palabras para ello. La última vez que escribimos en nuestras libretas, dibujé un velero oscilando sobre las olas onduladas azules. Ahora agrego un monstruo marino que surge del mar para comérselo todo.

—¡Liiindo! —dice Christopher, arrastrando la lengua—. ¿Luego dibujas mi mochila?

Levanto la mirada y me doy cuenta de cuatro o cinco niños mirando por sobre mi hombro.

—¿Sí? —No estoy segura de que Christopher hable en serio. He estado intentando invertir más tiempo en mi arte. Algunas veces creo que quizá esté mejorando, pero no estoy segura de que los demás se den cuenta.

De pronto, el grito de Julia desde la parte trasera del salón aparta las miradas de mis dibujos y las atrae de vuelta a ella.

—¡No puede ser! —Sacude la cabeza, mirando la pantalla encendida de su celular. Ella es la única alumna de séptimo grado a quien se le permite sacarlo de su mochila en el salón... sus padres insistieron. Ellos le dieron el teléfono por razones de seguridad, como por si tiene problemas en el autobús. Se supone que ella debe enviarles un mensaje de texto cuando llega a la escuela y de nuevo cuando llega a casa para que ellos sepan que se encuentra bien. No es que nos lo haya dicho un millón de veces.

—¿Qué? —pregunta Christopher.

Julia no responde.

—¡No puede *ser*! —dice de nuevo con un chillido—. ¡No puede ser, no puede ser, no puede ser!

Ella grita y lleva su celular al pecho, abrazándolo.

Incluso Amanda tiene curiosidad ahora.

—En serio, ¿qué sucede?

—Esto será *tan* asombroso —Suspira, hundiéndose sin aliento en su silla, pero todavía sin dar pistas de lo que está hablando.

Yo revoleo los ojos. Si Julia no quiere decir lo que es tan asombroso, está bien. Yo no le voy a rogar.

Pero eso no detiene a los demás.

—Vamos —Maddie le ruega—, dinos. ¿Qué sucede?

—Ah, no es gran cosa —Julia finalmente dice burlonamente, aventando su cabello cobrizo—. Es solo que Viviana Vega vendrá a la ciudad y voy a tener asientos de primera fila para su concierto.

Maddie grita.

—No puede ser —me susurro. Volteo a ver a Amanda, cuyos ojos están abiertos como plato de envidia o incredulidad. Quizá ambas. Solamente Arthur parece poco impresionado. Sacude la cabeza y abre una revista de música. Los únicos músicos que le interesan son aquellos de los que nadie ha escuchado. Y todos han escuchado sobre Viviana Vega.

Finalmente suena la campana, y la señorita Barlow calma la clase para pasar lista.

—De acuerdo, de acuerdo. Suficiente. Julia, no estoy segura de que Viviana Vega califique como urgente, guarda el teléfono, por favor. Colóquense en sus lugares. Comencemos.

Cuando la señorita Barlow nos repartió nuestras libretas el primer día de clases, yo había esperado la clase normal de tarea: «Cómo pasé mis vacaciones de verano». Incorrecto. Los temas de escritura que coloca en la pizarra siempre son sorprendentes y a veces extraños.

Una vez escribió: ¿Por qué yo?, sin más explicaciones.

Si tuvieras que vivir una semana adentro de un libro, ¿cuál escogerías y por qué?

Escríbele una nota de agradecimiento a un tío que te envió una lata de sopa de pollo en tu cumpleaños.

Comparado con esa, la pregunta de hoy parece casi normal: Imagínate que puedes viajar en el tiempo, pero tus padres no te creen. ¿Cómo los convencerías?

Yo no puedo convencer a mis padres de nada. Siento que tengo mucho que decir acerca de la pregunta de hoy, pero cada vez que alisto mi bolígrafo para escribir algo, se desvanecen las palabras. En cambio, permanezco sentada garabateando robots y cohetes espaciales en los márgenes de mi libreta, hasta que la señorita Barlow se acerca por el pasillo con sus zapatos de lona blanca, me da una palmada en el hombro y susurra:

—Solo empieza con algo, Stef. *Lo que sea*. A veces comenzar es la parte más difícil. Después de eso se facilita.

—No puedo convencer a mis padres de nada —asiento y comienzo.

Capítulo
6

Al terminar artes lingüísticas tengo matemáticas, y después de eso, un receso de diez minutos antes de la clase de ciencias, en la que la señora Berrios nos divide en parejas para un experimento... con pañales de bebé.

—Continuaremos hablando sobre los polímeros, los cuales recordarán que son largas cadenas de moléculas que pueden tener algunas propiedades bastante interesantes —explica, caminando por los pasillos de ida y vuelta, y alrededor de los escritorios—. Algunos rebotan. Algunos se estiran. Algunos son duros y rígidos. Hoy trabajarán con un polímero súper absorbente. A ver si pueden averiguar por qué se le llama «superabsorvente».

Cortamos los pañales para abrirlos, poniendo al descubierto un polvo blanco granuloso que recolectamos en bolsas herméticas. Cuando vertemos agua sobre el polvo, los gránulos crecen hasta volverse una masa amorfa.

—Hablen con sus compañeros —dice la señora Serros—. Además de un pañal, ¿en dónde más sería útil un polímero súper absorbente? ¿Cómo lo utilizarían en un jardín, por ejemplo?

Mi compañero, Jake, toca la masa de gel del pañal que está sobre nuestra mesa.

—¡Puaj! —dice. No sé si quiere decir «repugnante» o «genial». Es un poco de ambas.

❋ ❋ ❋

El tema de Viviana Vega no resurge el resto de la mañana, pero a la hora del almuerzo toda la escuela sabe acerca de su concierto, y los boletos es de lo que todos están hablando.

—Entonces —dice Amanda, colocando de golpe su charola de almuerzo sobre la mesa donde Arthur y yo ya estamos sentados—. Según *Julia*, los boletos «baratos» —hace comillas con las manos al decir «baratos»—, cuestan cuarenta dólares cada uno. A mí me sobran diez dólares de mi cumpleaños. ¿De dónde sacaremos el resto?

—Podrías intentar vender un riñón —Arthur musita con ironía, sacando del pan la hamburguesa de verduras—. Tienes dos.

Amanda le enseña la lengua y luego se voltea conmigo. «Lo digo en serio, Stef. Tenemos que estar ahí. No quiero escuchar todo al respecto de boca de *Julia Sandoval*. Estamos tratando de solucionar esto. O sea, hoy».

Y de esa forma, ella se levanta de nuevo, aventando una barra de granola en su bolsillo antes de decir cualquier cosa. Si Amanda fuera un polímero, ella definitivamente sería de los que rebotan.

Sin embargo, ella tiene razón, es mucho dinero. Pero pagar por los boletos no es nuestro único problema, quizá ni siquiera nuestro mayor problema. No hay manera de que Papi y Mami me dejen ir a ese concierto sin ellos; y no hay manera de que yo permita que ellos vayan conmigo.

Del almuerzo pasamos a educación física, lo cual parece cruel. Todo lo que deseo hacer es tomar una siesta. Pero al menos es día de futbeis. Después de educación física sigue estudios sociales, y finalmente, porque es martes, arte.

La mayoría, si les preguntan cuál es su día favorito de la semana, no diría que el martes. Todavía estamos al principio de la semana y el viernes está muy lejos. No hay nada especial en el martes. Pero para mí sí, hay clase de arte. Y en la clase de arte nunca escucho la voz de Mami diciéndome que soy muy joven, o a Papi insistiéndome que tenga cuidado. *Yo* estoy a cargo del pedazo de papel en blanco frente a mí, y puedo convertirlo en algo tan vívido y aventurero, o tan tranquilo y calmado como desee. No hay restricciones. Con excepción del señor Salazar, desde luego. Pero es diferente.

Pinchados en las paredes del estudio del señor Salazar hay bocetos y pinturas que tienen décadas, algunos ya se están amarilleando y las orillas se están arrugando. Sobre las mesas hay manchas y salpicaduras de pinturas y pasteles, y hay barro seco triturado en el suelo de mosaicos. Pero nuestros pinceles siempre están limpios, organizados por forma y tamaño, en latas viejas de sopa. Nos sentamos en bancos altos con mesas anchas en lugar de escritorios y sillas. Podemos hablar tanto como deseemos, siempre y cuando terminemos nuestro trabajo.

Colgamos nuestras mochilas en una hilera de ganchos que hay justo al entrar por la puerta, y las mantenemos limpias y fuera del camino. Luego recogemos nuestras batas de un contenedor cercano al escritorio del señor Salazar. Las batas son en realidad camisas viejas abotonadas con manchas de tinta en los bolsillos u hoyos en los codos, donadas por los padres o por el mismo señor Salazar. Yo elijo una con finas rayas rosa y verde, y me la pongo hacia atrás.

—Tomen un pincel y llenen un vaso de agua de camino a su lugar —nos dice. Luego me pide que pase las charolas de acuarela. No me alcanzan, y él frunce el ceño—. Maddie, ¿compartirías con Julia? —Las chicas asienten—. Y, Stef, ¿te importaría compartir con Amanda por hoy?

Una vez que nos hemos colocado en nuestros bancos, el señor Salazar toma una canasta llena de crayolas blancas y las envía por todo el salón. Nosotros tomamos cada crayola y pasamos la canasta, mientras él pega un pedazo de papel para acuarela sobre el pizarrón y comienza la lección del día.

—¿Quién puede decirme qué significa «resistencia»? —pregunta él, dándonos la espalda, mientras su mano se mueve rápidamente sobre la página. Lo que sea que esté dibujando es invisible desde donde yo me encuentro, cera blanca sobre papel blanco.

—¡Contraatacar! —grita Arthur, golpeando con el puño en el aire. El señor Salazar asiente, sin distraerse de su trabajo.

—¿Alguien más?

—Empujar —yo me arriesgo.

El señor Salazar se da la vuelta y señala, primero a Arthur y luego a mí.

—Bien y bien. Muy bien, ambos. Hoy practicaremos una técnica llamada *resistencia* a la cera. —Sacude su pincel en un vaso de plástico con agua, luego lo golpetea en un montón de pintura—. Y aquí está el por qué.

Aplica una capa de violeta sobre el papel, luego cambia a azul y luego a verde. Los colores brotan en la hoja. Se derraman unos sobre otros en estallidos líquidos, excepto donde el señor Salazar había dibujado con su crayola. El dibujo misterioso resulta ser una telaraña cuyas hebras resaltan blancas entre todo ese color.

¿Es la cera lo que detiene el libre flujo de la pintura, evitando que vaya a donde quiere ir? Decido que no. Es algo más. La cera está resaltando audaz y brillante, negándose a que pinten sobre ella. Parece que Julia me leyó la mente.

—¡Es *resistencia* a la cera, porque la cera está resistiendo la pintura!

—¡Exactamente! —aplaude el señor Salazar. Él nos dice que pasemos unos minutos planeando antes de practicar la técnica nosotros mismos. Pero yo ya sé lo que quiero pintar: luces de estacionamiento que brillan contra el cielo púrpura oscuro sobre la comisaría por la noche.

Capítulo
7

Tía Perla me está esperando al final de clases, como de costumbre; pero esta vez, Papi lo estacionó justo en frente de la escuela. Es un avance. Yo saludo con la mano para mostrarle cuánto aprecio el gesto. En lugar de devolver el saludo, Papi señala hacia ambos lados de la calle, y luego se señala los ojos, lo cual entiendo como una instrucción de mirar hacia ambos lados. Es un gran avance. Amanda me sigue, hablando tan apresuradamente acerca de los boletos de Viviana Vega que me resulta difícil seguirle el ritmo. Me sorprendo cuando comienza a atravesar la calle conmigo.

—Detente —sujeto su hombro con mi mano para que se detenga y tome aliento—. ¿Qué no tienes práctica?

—Tenemos que correr una vuelta más por cada minuto de retraso —revisa su reloj y se encoje de hombros—. Vale la pena.

Cuando llegamos al otro lado, Papi está parado junto al camión con gaseosas en las manos. Amanda menea la cabeza. «No, gracias. Práctica». Luego regresa aprisa a la conversación sobre los boletos.

—De acuerdo, sé que papá y mamá no me *darán* dinero así de fácil para los boletos de Viviana Vega, ¿pero quizá, o sea, un avance de mi mesada? O... no sé, ¿una venta de jardín? Podría deshacerme de todos esos tontos animales de peluche. ¡Y tus dibujos! Podrías vender algunos, Stef. Eso nos dará al menos algo de dinero.

—Sí —le digo poco convencida, deseando que no estuviera diciéndolo justo frente a Papi. Necesito algún tiempo para preparar mi argumento, aunque *no* tenga esperanza.

Siento la mirada de Papi. Si no puedo seguirle el ritmo a Amanda, él debe estar completamente perdido. «¿De qué se trata todo esto?», pregunta. «¿Quién es Viviana Vega?».

Amanda le responde por mí. «Señor *SO*-to, todo mundo conoce a Viviana Vega».

—Es una cantante —le digo discretamente.

—No es *simplemente* una cantante. Es casi la mejor cantante de la historia —continúa Amanda—. Stef y yo *tenemos que* estar ahí.

Papi asiente sin decir nada. Simplemente aborda de nuevo el camión.

❀ ❀ ❀

Durante los días siguientes, Amanda intenta todo lo que puede pensar para recaudar dinero para los boletos. Yo le sigo la corriente, ilusionada, Papi no ha dicho que no.

Ella no bebe leche una semana durante el almuerzo, incluso trata de convencer a Arthur de que ya no beba jugo de naranja; pero cuando contamos el cambio, nos suma menos de cuatro dólares. Amanda me enseña a hacer sus diademas hechas a mano y les vendemos un par a las chicas de su equipo de soccer, pero tenemos que detenernos cuando se nos acaban las camisetas viejas. Amanda ofrece cuidar a su hermano pequeño por cinco dólares la hora, pero ya que tiene que hacerlo gratuitamente, sus padres solo se ríen.

Para cuando salen a la venta los boletos, ni siquiera nos hemos acercado.

Y de verdad no hay forma de que nos olvidemos del concierto, pero sería mucho más fácil si Julia no nos lo recordara todo el tiempo, preguntándose en voz muy alta, considerando que nos encontramos en la biblioteca, qué debería vestir y si debería o no llevarle flores o un oso de peluche a Viviana cuando vaya detrás del escenario. Porque, *desde luego*, ella podrá ir detrás del escenario.

Los boletos del concierto ya están agotados, y Amanda y yo intentamos decidir qué hacer con el dinero.

—Tienen lo suficiente para bajar su nuevo álbum, al menos —susurra Arthur—. Es decir, si no les importa escuchar basura pop.

—Oye, Amanda —le digo arteramente.

—¿Oye qué?

—Creo que quiere que le bajemos a él el álbum.

Amanda lo piensa un momento. «No —dice ella muy seriamente—. Dale un poco de crédito a Arthur. *Yo* creo que... ¡él ya lo tiene!».

—¿Y se sabe de memoria todas las canciones?

—Sí, ¡y las canta en la ducha!

Nos esforzamos tanto por retener la risa que nos sale en lágrimas. Arthur se sonroja, gruñe y se coloca los audífonos, pero no antes de que la bibliotecaria lo pille y le lance una mirada adusta. Él los mete en su mochila, avergonzado.

—No seas tan clasista con la música —le pego un suave puñetazo en el hombro.

Él me pega un puñetazo de vuelta.

Capítulo
8

H a pasado tanto tiempo desde que me levanté tarde por
última vez un sábado por la mañana que ya no necesito
poner alarma. Casi todos los días, mis ojos se abren a las cinco
en punto. Me estiro, me quito el pijama, me hago un rodete
flojo en el cabello y encuentro a Mami y a Papi ya en la cocina. Ella tiene abierto el periódico. Él está virtiendo café en un
termo. Muchos padres pasan el sábado en parques de pelota y
en festivales y en mercados de pulgas. Papi también lo hace.
Solamente que él está ahí para vender tacos y burritos, tortas
y tostadas. El sábado es su día atareado, y los tres tenemos que
asegurarnos de que esté preparado.

Nuestra primera parada es el mercado de productores, y nos
marchamos tan pronto como engullo un tazón de cereal. Papi

saca una libreta del bolsillo de su camisa y la hojea para buscar la lista de compras de la semana, mientras Mami camina hacia un puesto de comida. Ella regresa con tres vasos humeantes de chocolate caliente y me da uno. El primer sorbo me quema la lengua, pero lo vale. «¿Entonces qué necesitamos?», pregunto, sintiéndome más cálida y finalmente despierta.

Recolectamos cebollas, ajo, lechuga, tomates y frijoles. En la comisaría tenemos todo lo que necesitamos. Al llegar, me dirijo directamente a uno de los enormes refrigeradores de la cocina de preparación, y miro mi reflejo borroso y distorsionado en la puerta de acero inoxidable. Encuentro el cajón asignado a Papi, saco un montón de cilantro, lo llevo a la mesada y comienzo a picar. Mientras tanto, Papi, con guantes desechables, sirve salsa con un cucharón en diminutos contenedores de plástico. A Mami le dejamos las cebollas. Nunca la hacen llorar. Nadie más ha llegado a la vasta cocina aún. Los únicos sonidos que escucho son los golpes del cuchillo sobre las tablas de cortar, hasta que, después de un rato, Mami comienza a tararear.

—Estefanía —dice Papi finalmente, aclarándose la garganta—. Si no tienes planes, me gustaría que vinieras hoy a ayudarme.

No tengo planes; pero si tuviera, no involucrarían a Tía Perla.

—Bueno, es decir, está la tarea, y yo...

—Órale —él insiste—. De verdad necesito tu ayuda, mija. Comenzaremos en el parque. Quizá veas jugar a Amanda.

Creo que no tengo elección.

—Está bien.

Al terminar en la cocina, empacamos a Tía Perla y llevamos a Mami a casa. Todavía es temprano cuando Papi y yo llegamos al parque, pero el sol ya está comenzando a asar los campos de césped.

—Qué bueno que reabastecimos las gaseosas —le digo.

—Órale —responde él.

Yo tomo órdenes mientras él cocina en la plancha plana: primero, huevos y salchichas para los burritos del desayuno; y horas más tarde, pollo y bistec. Él se limpia el sudor de la frente con la manga y silba al ritmo de la radio que está sobre la mesada.

—Dos súper burritos sin frijoles y un taco de pollo con jalapeños extra —yo le grito—. Once cincuenta, por favor —le digo a la mujer que se encuentra en la ventanilla para ordenar—. ¿Limones o salsa? —Ella se abanica con una gorra de béisbol mientras espera su orden.

Entre clientes, yo miro el juego de Amanda a lo lejos del parque. Desde aquí, los jugadores se ven como borrones anaranjados y verdes, pero reconozco las dos trenzas marrones de Amanda que vuelan detrás de ella. Yo me imagino que ella también reconoció a Tía Perla (¿quién podrá ignorarla?), y que más tarde vendrá corriendo por una botella de gaseosa de cereza para después del juego. Yo entierro una al fondo de la caja de hielos para que esté granizada cuando ella llegue.

Amanda comenzó a venir a Saint Scholastica en quinto grado, pero ya que no estábamos en el mismo salón, en realidad no la conocí hasta el sexto grado cuando mis padres me inscribieron en fútbol soccer. Amanda y yo terminamos en el mismo equipo. Yo jamás había pateado un balón, pero Amanda había estado jugando soccer desde que aprendió a caminar. Ella era veloz y sus pases aterrizaban exactamente donde ella los quería.

Una tarde en un juego de práctica, Amanda rompió la línea sin nadie más que yo entre ella y la portería. Mientras ella fintaba, yo me volteé, aturdida, hacia nuestro entrenador.

—¡Atrápala! —gritó él.

Arranqué, corriendo lo más rápidamente que pude, con el entrenador gritando detrás de mí:

—¡Vamos! ¡Vamos! —Cerré algunos huecos entre nosotras, pero yo no podría rebasar a Amanda, ella iba demasiado rápido. Dimos algunas zancadas lado a lado, y luego, justo cuando ella estaba a punto de acelerar de nuevo, di una patada ciega, esperando encontrar la pelota, y sacarla del área de juego.

En cambio, encontré los botines de fútbol de Amanda, pateé sus piernas y la hice caer al suelo. Ella cayó de golpe con un grito, y tuvo que permanecer en la banca el resto de la temporada. Me imaginé que dejaría de aparecerse en los juegos y en las prácticas después de eso, pero estuvo ahí en todos, mirándome con furia desde la banda, con el brazo fracturado sobre su regazo. Yo intentaba evitarla; pero una mañana mientras yo salía lentamente del campo en el medio tiempo, ella dijo: «Oye». Miré hacia donde ella estaba sentada, todavía vistiendo el uniforme del equipo, con todo y espinilleras, aunque no iba a jugar. Me sorprendí y me asusté un poco.

—Estás pateando el balón con tus dedos —dijo ella, picoteando el césped en lugar de mirarme a mí.

—¿Y?

Ella levantó la mirada. «Y se supone que debes golpearlo con tus agujetas».

—¿Mis agujetas?

Amanda se levantó, encontró un balón de práctica, y me mostró. «Cuando pateas con tus agujetas es más fácil hacer que el balón vaya a donde tú quieres». Ella pateó, enviando el balón justo a mis pies.

—Caramba. Gracias.

Amanda encogió los hombros.

—Qué chévere que tengas una férula azul —yo dije sin pensar. La había notado inmediatamente, desde luego, pero había temido decir algo hasta ese momento—. ¿Fue para combinar con nuestro uniforme? Si quieres, puedo dibujar un balón de fútbol en ella después del partido.

—De acuerdo —ella sonrió.

—Y siento haberte derribado.

—Lo sé.

Yo no volví a jugar soccer después de esa temporada, nuestros sábados estaban muy ocupados con Tía Perla; pero Amanda y yo continuamos siendo amigas.

Ahora, cuando el árbitro sopla su silbato fuerte y tendido al final del juego, yo veo a los equipos apiñarse y vitorear, luego se alinean para estrechar manos.

—Voy a tomar un descanso, ¿está bien, Papi?

—No te alejes, mija —dice él, todavía presionando los pedazos miniatura de pollo contra la parrilla. Yo tomo la radio y la gaseosa de Amanda, y la espero afuera del camión. Sus padres le dicen que puede quedarse con nosotros hasta que termine el juego de su hermano pequeño y sea tiempo de irse a casa.

Nos sentamos en el césped con las piernas cruzadas, Amanda le succiona el jugo a una rodaja de naranja, mientras yo le doy vuelta al sintonizador de la radio, buscando eludir la estática. Finalmente encuentro una estación que se escucha sin estática, que obviamente está tocando Viviana Vega. Suspiro, recojo una ramita y comienzo a hacer pequeños dibujos en la tierra mientras Amanda parlotea sobre sus pases y las faltas que el árbitro debió haber marcado, pero no marcó.

Luego escucho algo que me hace erguirme y callarla con la mano.

—¿Qué?

—Escucha —meneo la cabeza y señalo la radio.

—Ah, ya sé. ¿Viviana Vega? Estoy comenzando a creer que Arthur tiene razón. Ya me agotó. Ya quiero que se acabe su tonto concierto para poder hablar de otra cosa para variar.

—No, ¡*escucha*! —le grito.

Amanda deja de hablar cuando el locutor anuncia que está a punto de regalar dos boletos para el concierto agotado de Viviana Vega. «La quincuagésima persona que llame, se llevará los boletos».

—¡Un teléfono! —grita Amanda.

Me levanto de un salto, entro apresuradamente en Tía Perla y jalo el celular de Papi del compartimento de los guantes. Probablemente primero deba pedir permiso, pero no hay tiempo.

Marco a la estación de radio, mis dedos están temblando, luego presiono el botón de altavoz. Escuchamos: *Bip, bip, bip*.

—Ocupado —suspiro y cuelgo.

—¡Intenta de nuevo! —ordena Amanda.

Esta vez da tono. Y suena, y no creo lo que escucho del otro lado de la línea.

—Felicitaciones. Llamada número cincuenta.

No puede ser.

—¿Hola? ¿Radioescucha...? ¿Hay alguien ahí?

No sé qué decir.

—¡Dios mío! —yo articulo sordamente mientras Amanda me arrebata el teléfono para hablar con el locutor. Mi mente corre aprisa cuando escucho decir a Amanda:

—¿Es de verdad...? Trece... ¡Ah, mi mamá puede hacerlo...! ¡Gracias!

Ella presiona un botón para terminar la llamada.

—Ya está —dice—. No tenemos dieciocho, así que mi mamá tiene que ir a recoger los boletos en la taquilla. ¿Puedes creerlo? ¡Vamos a ver a Viviana Vega!

—¡Vamos a ver a Viviana Vega! — La levanto del suelo con mis brazos.

Gritamos tan alto que Papi sale corriendo de Tía Perla, levantando una espátula con la mano derecha.

—¿Qué sucede? —pregunta él, luciendo agitado y mirando al suelo donde aventamos su celula—. ¿Qué pasó? ¿Qué sucede? ¿Qué tienen? Estefanía, ¿está todo bien?

Yo dejo de saltar y frunzo el ceño. ¿Por qué siempre tiene que preocuparse tanto?

Suelto las manos de Amanda.

—No pasa *nada* —jadeo—. Simplemente estamos felices. —Hago una pausa para tomar un respiro. Tendré que ser cuidadosa para explicarlo—. ¿Te acuerdas del concierto? ¿El de la próxima semana? ¡Amanda acaba de ganarse un boleto! ¡Ella podrá asistir!

Papi aprieta los ojos y suspira.

43

—Qué bueno, Amanda —él dice, relajando los hombros.

—Sí, ¡pero lo *más* grandioso es que tenemos *dos* boletos! —Amanda irrumpe antes de que pueda detenerla—. Stef también puede venir, ¿verdad? *Tiene* que darle permiso.

Yo bajo la mirada y borro los pequeños dibujos de lodo con la punta de mi tenis. Me habría gustado tener la oportunidad de hablar con mis padres, convencerlos de que todo estaría bien, ellos comprenderían lo importante que es esto. Quizá confíen en mí lo suficiente para dejarme asistir. Yo volteo a ver a Papi.

Él ya me está mirando, confundido y quizá un poco triste. Parece que últimamente he recibido muchas de esas miradas.

—Ya veo —dice Papi lentamente—. Tendremos que hablar al respecto. Por ahora, mija, es hora de irnos. Buen juego, Amanda. Regresa al camión y llévate unos tacos para tus papás.

Papi camina de regreso a Tía Perla, y Amanda susurra:

—Sí van a dejarte asistir, ¿verdad? O sea, Stef, esto es como... irrepetible.

Luego de que Papi le diera a Amanda una bolsa marrón de papel llena de tacos, salsa y totopos, él y yo nos marchamos del parque y conducimos hacia el mercado de pulgas. Sus labios están apretados, completamente derechos. En una ocasión, estando en un semáforo, lo miro. Yo quiero decirle que soy suficientemente inteligente, suficientemente madura. Pero siento las palabras como pasta en mi boca y me las trago al momento en que el semáforo cambia a verde.

Capítulo
9

Pasamos el resto de la tarde en el mercado de pulgas, estacionados junto a un cambión llamado Gyro hero. Papi había explicado que nuestros menús son completamente diferentes, por lo que en realidad no estamos compitiendo mutuamente, solo les damos a los clientes más opciones. Más tarde, él me envía con dos burritos de carnitas. Yo regreso a Tía Perla con dos pitas llenas de souvlaki de pollo.

La fila que se ve afuera de nuestra ventanilla nunca es muy larga, pero las órdenes son suficientemente constantes para quedarse ahí para esperar. Papi y yo nos marchamos del mercado de pulgas hasta acabarnos la carne asada, y vamos de vuelta a la comisaría. Cuando finalmente nos estacionamos adentro, ya ha anochecido, pero todavía se siente cálido. Yo no puedo evitar fantasear con el concierto de Viviana Vega: nunca en mi vida me he ganado nada, ni siquiera un pez dorado en el carnaval escolar. Obviamente estaba predestinado.

Y luego recuerdo cuán imposible es, y mi pecho se estremece.

—Mija —dice Papi apagando el motor—, si quieres puedes esperar aquí hasta que termine.

¿Un descanso de las tareas de limpieza? Estoy a punto de aceptar, pero me arrepiento.

—No —le digo, irguiéndome y desabrochando mi cinturón de seguridad—, puedo ayudar.

Solamente tengo una semana para mostrarles a mis padres que ya no soy una niña pequeña. Tengo que hacer que vean cuán responsable soy, convencerlos de que no soy muy joven para asistir a ese concierto.

—Órale —dice él sorprendido y asiente, abriendo brecha. Yo reabastezco las servilletas y vacío el bote de basura. Mientras llevo un bote de crema ácida del camión al refrigerador de la comisaría, observo que Papi y algunos de los otros conductores están reunidos alrededor de un tablero de anuncios, echándole ojo a una carta que debieron clavar en algún momento de la tarde.

—¿Regulaciones? —pregunta el propietario de Tacos Grullense—. Las regulaciones significan que quieren sacarnos del negocio.

—No es nada —insiste Vera Padilla. Golpea la carta como si estuviera espantando una mosca. Su hermana, Myrna, y ella, conducen Burritos Paradiso. Normalmente estacionados afuera del gimnasio, es famoso por el flan con cobertura de caramelo—. Ellos lo intentan cada determinado tiempo. Jamás sucede nada. Confíen en mí, no se preocupen.

Papi me encuentra mirando y me llama con la mano.

—Estefanía, ven.

Me reúno con los demás frente al tablero de anuncios y él me señala la carta. Él no necesita decirme nada para que yo entienda que quiere que traduzca. Él tiene un buen nivel de inglés, pero cuando se trata de conversaciones importantes y papeleo aparentemente oficial, no confía en sí mismo. Él siempre me pregunta. Yo traduzco en visitas médicas y en conferencias para padres, cuando llegan cartas del banco o de la compañía de electricidad. Yo estoy acostumbrada, pero aún me deja en ascuas. Cuando Papi me dice que necesita mi ayuda con Tía Perla, yo sé que lo que desea es compañía. Cuando me pide ayuda con el inglés, es que realmente me *necesita*.

Miro la publicación. Impreso en la parte superior se lee Aviso de reunión, con letras mayúsculas resaltadas.

—Es de la ciudad —le confirmo—. Y se trata acerca de reglas nuevas. Parece que... —Le echo un vistazo más abajo, y leo: «...renovables anualmente...», y: «...limpios y sin daños...». No me suena como un gran problema. Tía Perla podrá no ser el camión más lindo del aparcamiento, pero está suficientemente limpio. Me alejo del tablero de anuncios.

—Habrá una reunión especial. Si tienen algo que decir, todos pueden asistir.

—Ah, no se preocupen —gruñe Vera—. Como les dije, jamás sucede nada.

Papi saca una libreta de notas, la que utiliza para anotar los ingredientes y las provisiones que se están agotando, y copia la fecha y la hora de la reunión.

—Listo, Estefanía —dice él—. ¿Nos vamos?

Capítulo 10

El domingo es el único día de la semana que pasamos todos juntos; el único día que Papi deja a Tía Perla estacionado en la comisaría. Y para el domingo, todos ya necesitamos un descanso. Papi no desea cocinar para nadie. Mami no quiere estar de pie. Yo solamente quiero levantarme tarde. De manera que los domingos, cuando finalmente despierto, conducimos hacia el café Suzy's para tomar el especial para el desayuno.

Pero hoy mi alarma me saca de la cama a las cinco treinta. Mis padres todavía están dormidos y yo voy directamente a trabajar. Plancho las blusas blancas del uniforme escolar de la semana y las cuelgo, lisas y almidonadas, en mi armario. Barro el suelo y preparo el café, y para cuando mis padres entran en la cocina, estoy cortando pimientos y derritiendo queso para prepararnos tortillas de huevo.

—No te preocupes por los trastes —le digo a Mami cuando la veo mirar la pila creciente en el fregadero—. Los lavaré después del desayuno. Ahora, tomen asiento, tomen asiento. Siéntense.

Mami mira a Papi, que simplemente se ríe y se sienta. Sirvo dos tazas de café, le agrego un chorrito de leche a la de Papi, y las coloco en la mesa.

—Mija, gracias; pero, ¿qué haces levantada tan temprano? ¿Qué es todo esto? —pregunta Mami, ciñéndose la bata alrededor de su cintura.

—Ah, no es nada —le digo ágilmente, colocando detrás de mi oreja un cairel suelto. Mi cabello cae suelto sobre mis hombros como a Mami le gusta. «Tienes un cabello muy hermoso, muy grueso y abundante», ella me dice siempre, intentando que lleve el cabello suelto. «Grueso y abundante» es una manera de decir «alborotado y encrespado», así que normalmente lo amarro en una coleta. Pero Mami *también* ha dicho que luzco mayor con el cabello suelto, de manera que hoy le doy una oportunidad.

—Estaba pensando —continúo—, que soy suficientemente grande para cocinar y limpiar un poco —abro el refrigerador y tomo el envase de cartón de jugo de naranja—. Ahora que ya soy *mayor*, ustedes pueden darme más responsabilidades.

Mami luce confundida, pero sonríe y sorbe su café. «Bueno, gracias por el desayuno, Estefanía —dice ella—, estoy impresionada.

Papi se aclara la garganta.

—Y esto no tiene nada que ver con el concierto del sábado por la noche, ¿verdad?

—¿Concierto? —pregunta Mami, deteniéndose a medio bocado para mirarme.

Yo respiro profundamente, me siento en mi silla de la mesa de la cocina, y le cuento a Mami sobre los boletos de Viviana Vega: simplemente tienen que dejarme asistir. El estadio es completamente seguro, y puedo llevarme el celular de Papi por si acaso. Además, Amanda estará conmigo, ni siquiera estaré sola, de verdad.

Ninguno de ellos dice nada. Yo intento, pero no puedo detener el gemido que sale de mi voz. «¿Por favor? Todos los demás de séptimo grado pueden salir solos. Ven películas solos. Se quedan en casa *a solas*. Se los juro, pueden confiar en mí. Soy muy responsable».

—Estefanía, sabemos cuán responsable eres —dice Mami amablemente—. Pero no estoy segura de esto. No creo que me guste la idea de que estés ahí sola. ¿En un concierto? ¿Y en la noche? ¿Con toda esa gente?

Obviamente Papi está de acuerdo con ella. ¿Siquiera estaban escuchando? Detengo la respiración durante largos cinco segundos para evitar revolear los ojos. Esta es casi la misma conversación que tuvimos cuando quería ir al viaje de fin de año al parque acuático el verano pasado («Esos toboganes parecen muy peligrosos»); o cuando los padres de Amanda me invitaron a ir con ellos a su campamento familiar («¿Y qué si hay una emergencia y no puedes comunicarte con nosotros?»); y cuando el vecino me ofreció veinte dólares para cuidar a su hija un par de horas un fin de semana («Cuidar a niños pequeños es mucho más difícil de lo que te imaginas. ¿Por qué no la cuidas aquí en casa donde podemos ayudarte?»).

Exhalo lentamente. «Por favor, solo piénsenlo», les digo, apretando los dientes, tan tranquilamente como puedo. Mi mano tiembla mientras me sirvo jugo de naranja.

El resto del desayuno es incómodo y callado. Tomo algunos bocados de mi tortilla y empujo el resto hacia la orilla de mi plato. En realidad, no está demasiado mal, pero no tengo hambre. Después de un rato, Mami se levanta para darse una ducha, susurrando: «Gracias, mija»; y Papi abre el periódico. Parece que ya no hay razón alguna para lavar los trastes, no cambiará las cosas con mis papás; pero aún pienso que en este momento sería demasiado infantil no hacerlo, de manera que comienzo a llenar el fregadero.

Si fuera un domingo normal, estaría despertándome justo ahora. Vendríamos de vuelta a casa después del desayuno en Suzy's. Mami llamaría a la abuela, extendiéndome el auricular para contarle sobre la escuela. Papi saldría a su parterre y yo normalmente saldría a ayudarle, o al menos a llevarle un sombrero y un vaso de agua helada, si el clima estuviera cálido. Para la cena comeríamos los sobrantes, tal como salen de los contenedores de plástico, y más tarde, nos pondríamos al corriente con las telenovelas que grabamos durante la semana anterior. Ahora mismo estamos a la mitad de *El malcriado*. Se trata de una ama de casa pobre pero hermosa (desde luego) que se enamora del rico pero mimado de su empleador (obviamente). Yo apuesto que al final le llegará una carta al ama de llaves, diciéndole que ha heredado millones de un tío que perdió hace mucho tiempo. Mami piensa que terminará salvando la vida del hombre adinerado, haciendo que se dé cuenta de cuán tonto fue de haberla ignorado todos esos años. «Luego él le rogará que se case con él, justo ahí en el hospital. Nada más mira», predice Mami. Papi nos revolea los ojos, pero sabemos que está tan ansioso como nosotros por saber lo que sucede.

Pero esta noche no tenemos la oportunidad. El incómodo silencio que cayó sobre nosotros durante el desayuno se extiende a la mañana y hasta la tarde. Después de su ducha, Mami llama a mi abuela, como siempre, y Papi sale para trabajar en el jardín. Pero en lugar de seguirlo, yo me dirijo a mi habitación y entro, cerrando la puerta. Termino lo poco de tarea que me queda y luego abro mi libreta de dibujo. Dibujar me tranquiliza, e incluso comienzo a sentirme esperanzada. Mami y Papi no han dicho no al concierto, quizá al menos estén considerándolo. Cuando salgo de mi habitación a la hora de la cena, encuentro a Papi en la mesa de la cocina con su lista de provisiones y un envase de espagueti recalentado. Él levanta la mirada y lo extiende, ofreciéndome un bocado. Niego con la cabeza y él regresa a la planeación de la semana por venir. Sin mucha hambre, caliento una tortilla en la estufa, le unto algo de mantequilla y luego la enrollo para comérmela en el sillón de la sala de estar. Cuando Mami entra con la canasta de ropa lavada, me limpio los dedos para ayudarla a doblar, pero no encendemos el televisor.

Capítulo
11

Cuando llego a la escuela el lunes por la mañana, Amanda está esperándome en el pasillo afuera de nuestro salón.

—¿Y bien? —pregunta ella.

—¿Y bien qué?

—Bueno, ya sabes. ¿Qué dijeron tus padres? ¿Irás a ver a Viviana Vega? Stef, *tienes que* venir.

—Bueno, no han dicho que no —le digo, intentando sonar optimista. En mi cabeza agrego—. *Aún.*

—Bueno, yo hablé con mi mamá, y ella dice que puedes venir a mi casa a cenar el sábado —Amanda continúa—. Luego mi hermana nos llevará al estadio y nos *esperará* afuera hasta que termine. Es decir, ella estará *ahí*, prácticamente con nosotros. Eso debe hacer sentir mejor a tus padres, ¿no? Mi mamá puede llamarle a tu mamá si quieres.

—Está bien —encojo los hombros. Desearía que eso ayudara, pero no creo que ayude. La hermana de Amanda tiene diecisiete años. Es casi una adulta, pero Mami y Papi no lo verán así.

Según Amanda, es casi un trato cerrado. Mientras caminamos hacia el salón de la señorita Barlow, ella continúa hablando del concierto y de las canciones que espera que cante Viviana. Me toma unos segundos darme cuenta, pero todo mundo deja de hablar cuando Amanda y yo colocamos nuestra mochila en el respaldo de nuestro asiento.

—¿Qué? —decimos al unísono.

—Amanda, ¿estuviste en la radio el otro día? —pregunta Jake.

Le vuelan más preguntas, una tras otra.

—¿Es verdad que podrás conocer a Viviana Vega? ¿Puedes pedirle un autógrafo para mí? ¿A quién vas a llevar?

Incluso Arthur, quien dice que no soporta a Viviana Vega, se coloca los audífonos en el cuello para escuchar.

—Stef. Iré con Stef», dice Amanda con un guiño, jalándome hacia su escritorio. «En realidad ella es quien llamó. Fue su teléfono.

—Stef ni siquiera *tiene* un teléfono. —Julia resuella sin levantar la mirada del suyo. Antes de que pueda decir algo más, comienza la clase, y la señorita Barlow escribe en el pizarrón el ejercicio de escritura del día: «Describe qué se siente estar equivocado».

Después de aproximadamente quince minutos, ella nos dice que hemos llegado a un buen momento para hacer una pausa y podemos guardar nuestras libretas para tener un tiempo de lectura libre. No sucede con mucha frecuencia, pero desde que la señorita Barlow me dijo que las novelas gráficas cuentan como libros, yo ansío el tiempo de lectura libre casi tanto como la clase de arte. Veo que Arthur guarda su libreta en el escritorio y saca de su mochila una revista musical. La portada está arrancada, probablemente porque su mamá pensó que la imagen era inapropiada para la escuela. Pero ella le permite leerla de todas formas. Amanda toma un libro de la biblioteca de la señorita Barlow, se lo lleva de vuelta a su escritorio, lo hojea, lo cierra, lo lleva de vuelta a la biblioteca y elige otro. Y otro, y otro. Me sorprendo cuando suena la campana y ni siquiera he cerrado mi libreta. He escrito tres páginas completas, no acerca de qué se siente estar equivocado, sino sobre finalmente convencer a mis padres de que he tenido la *razón* en merecer algo de independencia, y especialmente acerca de merecer asistir al concierto de Viviana Vega.

Tenemos un examen de matemáticas, de manera que no hay tiempo de hablar sobre el concierto. Pero en ciencias hay una maestra sustituta, y mientras llenamos nuestras hojas de ejercicios, Amanda susurra los planes a lo largo de la mesa. Para el almuerzo, yo me contagié de su optimismo y casi me puedo ver en el estadio con ella.

—Me pregunto si nos permitirán tomar fotografías adentro —considera Amanda. Y luego dice con desilusión—: Me pregunto si estaremos suficientemente cerca para siquiera ver. —Y recupera el tono—. Ah, bueno. Al menos estaremos ahí, ¿verdad?

—Siempre puedes intentar colarte más cerca —Arthur ofrece útilmente. Luego se voltea conmigo y ladea la cabeza—. Pero, Stef, ¿de verdad piensas que tu mamá y tu papá van a dejarte ir? —él sabe mejor que Amanda lo que es tener papás sobreprotectores.

—Desde luego que sí, tienen que dejarla —Amanda responde por mí.

—Puede ser —les digo.

—Los milagros son posibles —Arthur se encoge de hombros.

Y luego, al final del día, un verdadero milagro sucede de verdad.

Me marcho de la escuela y examino el aparcamiento, buscando a Tía Perla. No está ahí. No hay rastro de él.

No puede ser.

Amanda se va trotando a la práctica y Arthur aborda el asiento delantero del sedán de su mamá. Yo me despido con la mano y comienzo a caminar unos pasos detrás de Julia. Ella se voltea al escucharme y yo le sonrío con una sonrisa aún más brillantemente dulce que la suya. Ella arruga las cejas y la nariz... casi toda su cara queda apretujada de confusión. Luego voltea la cabeza de un golpe y su cabello castaño rojizo se agita hacia abajo hasta quedar liso y lacio sobre sus hombros, como si nada lo hubiera alebrestado. Ella continúa caminando hacia la parada de autobús sin mirar atrás. Yo sonrío de nuevo, ahora sí de verdad.

Yo viro en la esquina y camino hacia la estación de servicio, donde se supone que me encontraré con Papi. Me toma menos de diez minutos llegar allá; y tal como siempre lo dije, nada siquiera remotamente peligroso me sucede en el camino. Considero si darle a Papi un discurso de «te lo dije», o si sería más inteligente actuar como si marcharme de la escuela sola no estuviera fuera de lo ordinario, cuando observo a Tía Perla estacionado junto a otros dos camiones de tacos. Y eso definitivamente está fuera de lo ordinario.

Estos camiones no son como el Gyro Hero; quizá luzcan diferentes a Tía Perla, pero sus menús son casi exactamente iguales. Casi podría adivinar lo que sirven, sin siquiera mirar: tacos, burritos, súper burritos, tortas, tostadas... No es bueno para el negocio de nadie tener camiones de tacos estacionados tan cerca.

Cuando me ve, Papi me llama con las manos hacia donde los otros dos conductores y él están de pie bajo la sombra del toldo de Tía Perla, estudiando un pedazo de papel.

—¿De verdad dice que necesitamos baños? —pregunta uno de los hombres, meneando la cabeza—. ¿Y tenemos que movernos cada hora? Esto me va a sacar del negocio.

—Estefanía, ve adentro y toma una gaseosa, luego sal y léeme esto —dice Papi tranquilamente.

Yo decido que la gaseosa puede esperar. La carta está dirigida a Papi, y tiene el sello de la ciudad.

«Estimado señor Soto», leo en voz alta. «Usted recibe esta notificación, porque es un vendedor móvil registrado de alimentos. Le escribimos para informarle de regulaciones sugeridas que, de ser adoptadas, podrían afectar su negocio. Está invitado a asistir a una audiencia pública para discutir las propuestas adjuntas que esperamos que mantengan un ambiente tranquilo y limpio en toda la ciudad, y aseguren la salud y la seguridad de todos los ciudadanos».

En la página siguiente se encuentra lo que parece ser una lista de reglas para los camiones de comida como Tía Perla. «Los camiones deben estar estacionados a menos de treinta metros de un baño público». ¿Es eso siquiera posible?

«Los operadores deben mover sus camiones cada sesenta minutos». Eso no tiene sentido. Tan pronto como montemos todo, será tiempo de empacarlo todo otra vez.

«Los permisos deben renovarse cada año en lugar de cada cinco años, y serán otorgados basado, en parte, en la apariencia del vehículo».

Dejo de leer. Esto suena como la carta de la comisaría. Quizá después de todo si era en serio.

—¿Papi? —levanto la mirada, buscando su rostro para saber si debemos preocuparnos. Parece que él todavía está intentando decidir, y aunque acabo de terminar de traducirle, le pregunto—: ¿Qué quiere decir esto?

—Significa que todos nos quedamos sin empleo —refunfuña uno de los conductores.

Papi toma la carta, la dobla y la vuelve a meter en el sobre.

—Todo va a estar bien —dice finalmente—. Asistiremos a esta reunión y les explicaremos. Nadie se queda sin empleo.

Los demás conductores se marchan, y Papi, Tía Perla y yo permanecemos en la estación de servicio durante el resto de la tarde. Decido no traer a colación lo del concierto de Viviana Vega, y Papi tampoco lo menciona.

Capítulo
12

El martes por la mañana cuando escucho a Mami llenando de agua la cafetera, me echo de la maraña de sábanas y cobertores para ir con ella a la cocina. He estado despierta durante horas, dando vueltas de un lado a otro, probando en mi cabeza largos y vehementes argumentos. Finalmente, he resuelto exigir esta mañana una respuesta a la pregunta de Viviana Vega, antes de marcharme a la escuela. Mis padres ya se han tomado dos días completos para pensarlo. Eso debe ser suficiente tiempo. Y de cualquier forma, Amanda necesita saber si asistiré con ella. Camino silenciosamente por el pasillo con mis calcetines y mis pijamas de franela, sintiéndome segura de mí misma, lista para presentar mis argumentos.

Luego titubeo en la puerta de la cocina. A partir de este momento, todavía hay una oportunidad de ver a Viviana Vega en cuatro días. Después de eso, quién sabe. No estoy segura de querer averiguarlo, pero inhalo y entro de todos modos.

—Te levantaste temprano —dice Mami, con la mitad de su cuerpo adentro del refrigerador.

—No podía dormir.

Ella cierra la puerta y me voltea a ver.

—¿Pasa algo? ¿No vas a salir con algo, o sí?

Da un paso adelante y se me acerca para tocarme la frente con su mano. Yo la esquivo y me siento en la mesa.

—*Ma*mi. No, no tengo fiebre. Estoy *bien*. Es solo que...

Con apariencia de preocupación, ella baja su taza de café y se sienta a mi lado.

—¿Qué sucede?

Yo gimo ¿Qué más puede ser?

—El concierto. ¿Qué hay del concierto?

Mami suspira, pero yo sé lo que significa.

—¿Y bien? ¿Me permitirán asistir? Amanda sí podrá ir. Su hermana estará ahí. Ella estará afuera *todo* el tiempo. —De pronto, se me ocurre un mejor argumento—. Julia también asistirá. Tú *conoces* a los padres de Julia. Ellos no la dejarían ir si no fuera seguro... Y Papi podría prestarme su celular para que me reporte.

Mami golpetea el borde de su cuchara contra su taza de café.

—Tu papi y yo hemos estado hablando al respecto.

—¿Y? —interrumpo.

Y es una decisión muy difícil, Estefanía. Él mismo desea hablarte de ello. Esta tarde. —Ella arquea las cejas.

Yo comienzo a protestar.

—Esta tarde —Mami dice con firmeza—. Ahora, ve a vestirte.

Resulta imposible concentrarse en la escuela, donde paso todo el día intentando adivinar lo que mis padres han decidido. Durante la mañana me siento optimista, convencida de que si no me permitieran asistir, Mami simplemente me lo habría dicho, en lugar de esbozármelo así. Pero para la tarde, estoy recordando cuánto tiempo me tomó persuadirlos para que me permitieran caminar a la estación de servicio luego de la escuela. Pedirles asistir a un concierto creo que es pedir mucho más. Y decido que es una causa perdida.

Solamente la clase de arte aleja mis pensamientos del concierto. Al caminar hacia el interior del estudio del señor Salazar, colgamos nuestra mochila en la hilera de ganchos, como siempre lo hacemos. Pero cuando comenzamos a recoger las batas del contenedor cercano al escritorio del señor Salazar, él nos detiene.

—Chicos, no necesitan batas. Nuestra lección de hoy será un poco diferente. Por favor, tomen asiento y escuchen.

Arthur y yo elegimos banquillos contiguos.

—Me pregunto qué está sucediendo —susurra él.

Una vez sentados, el señor Salazar camina hacia el centro del salón y le pide a Arthur, quien está sentado más cerca del armario de suministros, que lo abra. Yo no lo había notado antes, pero me percato inmediatamente de que todo se está agotando. No tenemos más que una pila de papel de construcción, unos cuantos jarros de témpera y una docena de cajas de pasteles, a la mayoría de las cuales les faltan colores.

—No quedan muchos acrílicos —se dice Amanda. Es cierto. Solamente hay unos cuantos tubos exprimidos casi para secarse.

—No queda mucho de nada —el señor Salazar coincide—. Y eso es de lo que quiero hablarles.

Es bueno que el armario de suministros se encuentre tan vacío, nos asegura él. Significa que hemos estado creando. Lamentablemente, como podemos ver, queda poco con qué trabajar, y no hay dinero para comprar más.

—Durante semanas he estado tratando de pensar en una solución —confiesa—. Finalmente pensé: Sabes, tus alumnos son personas inteligentes. ¿Por qué no pedirles ideas?

Nadie dice nada. ¿De verdad estaba pidiendo nuestra ayuda?

—No todos al mismo tiempo —bromea el señor Salazar. Después dice que siente habernos alarmado—. Pensé que eran suficientemente maduros para hablar acerca de estas cosas, y continúo pensándolo. Sé que juntos podemos elaborar un plan. Así que, propongamos ideas. ¿Qué piensan? ¿Qué haremos para conseguir suficientes suministros de arte que nos duren este año y el siguiente?

Maddie es la primera en dar su opinión. Ella dice, mientras enrolla su cabello en su dedo:

—¿Quizá podemos pedirle a la tienda de arte que nos proporcione algunas cosas?

El señor Salazar niega con la cabeza.

—La tienda de arte hizo una gran donación al principio del año, de ahí vinieron sus nuevos lápices de carboncillo. Pero sí, Maddie, es una buena idea. Podemos preguntarles si pueden ayudarnos con un poco más de suministros. —Escribe en la pizarra: Pedir donaciones—. ¿Qué más?

Christopher sugiere que les pidamos dinero a nuestros padres.

—Esa es definitivamente una opción. Todos ustedes tienen padres muy generosos —dice el señor Salazar—. Pero en realidad estaba esperando que todos pudieran *apropiarse* del problema.

Amanda levanta la mano. Cuando su equipo de soccer necesitó recaudar dinero para viajar a un torneo fuera de la ciudad, explica ella, vendieron barras de chocolate de puerta en puerta.

Yo lo recuerdo. Mami y Papi compraron toda una caja que terminamos regalando para la noche de brujas.

El señor Salazar agrega a la pizarra: Vender dulces.

—¿Alguna otra?

Amanda codea a Arthur. Él piensa durante un segundo, luego recuerda que cuando el coro de su iglesia necesitaba comprar batas nuevas, les escribieron cartas a tiendas y restaurantes, pidiendo contribuciones.

—Bien —dice el señor Salazar, garabateando en la pizarra: Escribir cartas.

Jake sugiere lavar coches. Así es como su grupo de natación recaudó suficiente para pagar las reparaciones de su piscina.

Yo pienso en cuán duro trabajamos Mami, Papi y yo para comprar a Tía Perla. El ahorro, los empleos extra, mi alcancía. Sin embargo, no estoy segura de cómo es que todo eso ayude a nuestra clase de arte. Quizá si todos traemos el cambio que nos sobra...

Pero antes de que yo pueda decir algo, Julia salta de su banquillo, con la pinta de que lo que tenga que decir estuviera a punto de desbordarse como una gaseosa agitada.

—De acuerdo, chicos. ¿Y qué de esas ideas? Son grandiosas y todo eso, pero yo tengo la solución. Sé lo que debemos hacer.

Ella hace una pausa, los ojos le brillan mientras saltan de un rostro al otro. Cuando se asegura de tener la atención de todos, explota:

—¡Un baile! ¡En el gimnasio! Podemos cobrar las entradas.

El estudio de arte comienza a zumbar.

—¡Podemos vender pastelillos!

—¡Podemos hacer adornos!

Incluso Arthur se baja de su banquillo.

—Yo haré una lista de reproducción.

Debo admitir que es una muy buena idea.

—Yo puedo dibujar algunos carteles —les ofrezco.

El señor Salazar levanta los brazos para que guardemos silencio.

—Esto no es en realidad lo que tenía en mente.

Nosotros refunfuñamos, mientras él levanta de nuevo los brazos.

—Esperen, esperen. Déjenme terminar. No era lo que *yo* tenía en mente. Pero es *su* clase, sus suministros de arte. Tendré que obtener la aprobación de la directora, pero definitivamente suena a que tenemos una idea ganadora.

El señor Salazar nos despide, prometiéndonos tener una respuesta de la directora para cuando nos veamos de nuevo la siguiente semana.

—Es mejor que se preparen por si acepta —nos previene—. Tendrán mucho trabajo.

Capítulo
13

Tía Perla no está afuera en el aparcamiento otra vez. Ya son dos días seguidos. No canto victoria, pero parece una buena señal.

Cuando llego a la estación de servicio, Papi está sirviéndole a alguien en la ventanilla, de manera que entro en la cabina para dejar mi mochila. Ahí, en medio del asiento corrido, se encuentra un paquete envuelto con la sección de cómics del periódico. Pegada a la parte superior se encuentra una etiqueta con mi nombre escrito en letras mayúsculas. Con curiosidad, desenvuelvo el papel para encontrarme con un celular. Lo volteo, y parte de mí piensa que puede ser un juguete. Pero no. Es de verdad. No puedo creerlo. Había deseado uno para mi cumpleaños pasado, pero ni siquiera pensé que valía la pena pedirlo.

No es tan lindo como el de Julia. Pero aun así, es un celular. Parece que es mío, y ni siquiera es mi cumpleaños. ¿Qué pudo haber dado pie a un regalo como este? Estoy tratando de encontrarle lógica, cuando recuerdo que los papás de Julia le dieron un teléfono por razones de seguridad: para poder reportarse cuando llega a la escuela y cuando llega a casa. Mi corazón comienza a acelerarse. ¿Es por eso que Mami y Papi me dieron un teléfono? ¿Para poder reportarme con ellos? ¿Desde el concierto?

Salto de la cabina, corro alrededor a la parte trasera del camión, abro la puerta de la cocina y arrojo mis brazos alrededor de la cintura de Papi mientras él esparce queso sobre una orden de tacos.

—Gracias, gracias, gracias —lanzo un grito mientras le da el platillo al cliente por la ventanilla—. ¡No puedo creer que esto esté sucediendo de verdad!

Papi le agradece al cliente con una sonrisa pesarosa y luego se voltea para mirarme.

—Mija, me alegra mucho que estés contenta —dice él, sonriendo.

—¿Contenta? Este es el mejor día de *todos*. Tengo que decirle a Amanda. Y no te preocupes, todo estará bien. Puedes confiar en mí.

La sonrisa de Papi se disuelve.

—¿Confiar en ti?

—La hermana de Amanda nos llevará directamente al estadio y nos recogerá al terminar. Difícilmente te darás cuenta de que no estoy. Y, desde luego, ¡tendré el teléfono! ¡Me reportaré! ¡Cuántas veces desees! —grito—. ¡Ya quiero que sea sábado!

—Espera, mija, espera —comienza a decir Papi, pero yo estoy demasiado emocionada como para escucharlo.

—Ojalá pudiera decirle a Amanda ahora mismo. ¡Espera! Tengo teléfono. ¡Sí puedo!

Papi coloca sus manos en mis hombros.

—Mija, por favor, detente.

Ay, no. Se me hace un hueco en el estómago.

—Es como tu mami te dijo la otra noche —dice, casi susurrando—. Creemos que eres demasiado joven para esto. Quizá en algunos años... pero, por ahora quisimos que tuvieras algo especial. Este teléfono es un privilegio. Te lo has ganado. Tienes que mantenerlo apagado durante el día escolar, desde luego. Y no queremos que les llames a tus amigos tarde por la noche, pero confiamos en ti. Además, de esta manera, si hubiera una emergencia...

Yo ya había dejado de escucharlo, pero eso me llama la atención.

—¡Ni siquiera es para *mí*! ¡Es para *ti*! ¡Para que puedas continuar *merodeando*! —Mi corazón continúa acelerado, pero ahora su *pum, pum, pum* es bajo y furioso.

Me arden los ojos. Me alejo empujando a Papi, salto del camión y me marcho, tirando el celular en el pavimento. Papi me grita:

—¡Estefanía! ¡Stef! ¡Espera! —Pero yo no me detengo. Después de un rato, escucho que enciende el motor para seguirme.

No le toma demasiado tiempo alcanzarme. Pero no me detengo cuando escucho el claxon de Tía Perla. Ni siquiera volteo. Continúo caminando. Tía Perla sigue a paso de tortuga detrás de mí, hasta que, con rabia, me doy cuenta de que no puedo llegar a casa desde aquí. No tengo a dónde ir. Estoy atorada con Tía Perla. Me detengo y me desplomo en la curva. No hay manera de que regrese a ese camión, todavía no.

Papi abre la puerta. Él vendrá a sentarse, su voz será amable, tratará de hacerme sentir mejor. O quizá me dirá que esto ha ido demasiado lejos y me arrastrará hacia el camión.

No hace ninguna de ambas. En cambio, camina alrededor de la cocina. Escucho que abre las puertas y abre los cajones. Luego hay un minuto o dos de silencio antes de que regrese a la cabina y simplemente se siente ahí. Creo que yo soy quien tiene que arreglar la confrontación. Me limpio las lágrimas de la cara con la mano, me levanto y abro la puerta sin decir una sola palabra y sin mirar a Papi. En mi asiento se encuentra un delgado paquete de papel aluminio. Sin abrirlo sé qué encontraré: una tortilla enrollada con mantequilla en el interior. Solo mirarla me hace querer llorar de nuevo, así que la aparto con la mano y cierro la puerta de un golpe.

❋ ❋ ❋

La siguiente vez que Amanda me pregunta sobre el concierto, solo niego con la cabeza y ella comprende.

—¿Ni siquiera deseas que mi mamá intente llamarlos? —pregunta.

—No será útil.

Arthur me da un cartel que había estado engrapado en una de sus revistas. Es una imagen ampliada de Viviana Vega presentándose en un concierto, con cientos de brazos levantados, mientras ella camina con pasos largos por el escenario.

Esa es la última vez que cualquiera de los dos menciona a Viviana Vega el resto de la semana.

Capítulo 14

El sábado, el día del concierto, escucho a Mami y a Papi en la cocina, alistándose para ir al mercado de productores. Yo no me levanto para ir con ellos. No planeo salir de la casa. Quizá ni siquiera salga de mi habitación. Sin embargo, me sorprende un poco que ninguno de los dos venga a despertarme y que Papi se vaya solo.

Pasan de las diez cuando finalmente salgo de la cama. Me estiro y bostezo, y entierro los dedos descalzos de mis pies en la peluda alfombra marrón. Alcanzo un vaso de agua de mi coqueta y observo que el celular está encima. No lo he visto desde aquella tarde en la estación de servicio y pensé que estaba perdido, roto o ambas. Papi debió haberlo metido a hurtadillas en mi habitación en la noche. Durante un segundo, me siento avergonzada del berrinche en el camión de tacos. Luego miro el cartel que me dio Arthur de Viviana Vega pegado en mi pared, y me doy cuenta de que esto es lo más cerca que estaré de ella.

Mis ojos comienzan a mojarse otra vez. Quito el cartel, abro mi escritorio y saco una hoja de papel para dibujar y una caja de lápices de colores.

Hago lo que siempre hago cuando quiero dibujar, pero no sé dónde comenzar: derramo sobre el escritorio los lápices de colores, cierro los ojos y tomo un color sin mirar.

Anaranjado.

¿Anaranjado como una zanahoria? Nah.

¿Anaranjado como... el sol? Quizá.

¿Anaranjado como una ráfaga de llamas irritadas? Eso es. Comienzo a dibujar.

¿Llamas anaranjadas... saliendo de un cohete? No. No de un cohete, sino de un... camión de tacos volador. Revoleo los ojos. Ni siquiera en mi imaginación puedo deshacerme de Tía Perla. Pero posiblemente, al menos en mi dibujo, ella saldrá volando de mi vida para siempre.

Pronto, nubes algodonadas se arremolinan en la hoja sobre Tía Perla. Y debajo hay parras verdes con rizos de floritura que se estiran para sostener sus neumáticos, pero no los alcanzan. Aquí y allá, aves amarillas y mariposas violeta van a toda velocidad arriba y abajo del camión en llamas.

Luego de lo que parecen solo algunos minutos, escucho un cauteloso golpe en la puerta de mi habitación. Volteo a ver el reloj. Ya ha pasado más de una hora desde que comencé a dibujar, y para ahora, mi hoja está casi llena e intensamente brillante.

—¿Sí? —respondo. Mami entra y se para a la altura de mi hombro.

—Mija, es hermoso —dice—. Es Tía Perla, ¿no?

—Creo que sí —si está intentando hacerme sentir mejor, va a necesitar mucho más que eso.

Se sienta en mi cama y alisa la colcha con la palma de sus manos. «Stef, sé que estás enfadada».

—Da igual —no se la voy a poner fácil.

—Y lo que estoy a punto de decirte te va a enfadar todavía más.

¿Qué? No es posible. Doy un giro con mi silla y la miro a los ojos.

—El subgerente acaba de llamar para avisar que está enfermo y me pidieron suplirlo en la tienda. Es una buena oportunidad, Stef, pero me temo que tendré que dejarte con Papi y Tía Perla para poder trabajar. Todavía tienes algunas horas antes de que nos marchemos.

Debe estar bromeando. No hay manera de que, además de perderme el concierto de Viviana Vega, vaya a pasar mi sábado con Tía Perla.

—¿Por qué no simplemente puedo quedarme aquí? Ya me cansé de que me traten como una bebé, y ya me harté de verdad de ese tonto camión de tacos.

Mami levanta las cejas, pero no la voz. Toma una de mis almohadas y la abraza en su regazo.

—Yo sé que crees que somos sobreprotectores; pero, ¿puedes imaginarte cómo fue para nosotros, para Papi y para mí, cuando llegamos aquí? Éramos mayores que tú, pero no por mucho. No hablábamos el idioma. Casi no conocíamos a nadie. Casi no teníamos nada. ¿Puedes imaginarte cómo se siente establecerte en un lugar donde te sientes tan... perdido? ¿Enviar a un hijo a un mundo que continúa sintiéndose lejos de casa?

—Pero... —comienzo a interrumpirla. El mundo puede ser un lugar grande y tenebroso para ellos, con todo y su inglés promedio. Pero yo no soy así.

Mami me calla con un golpecito en la espalda. Ella se pone de pie, luego toma mi cepillo de la coqueta y me lo da.

—Y en cuanto al camión de tacos, nos ayuda a pagar los lápices de tu escritorio, los libros de tu mochila, el uniforme de tu armario, la pintura de tu caja de arte. Muestra respeto por la pobre Tía Perla, Estefanía. Es una parte importante de esta familia, y lo será por mucho tiempo, si nos va bien.

¿Si nos va bien? No es lo que yo diría. Pero no es útil discutir. Me visto y me hago una coleta.

Capítulo 15

Llegamos al mercado de pulgas para reunirnos con Tía Perla. Ella luce como siempre por supuesto, pero tiene algo que luce distinto y un poco extraño. Siempre ha parecido que su toldo abierto dice «¡Bienvenidos!». Ahora parece que no dice nada. Mami se inclina para besarme la frente, luego le dice adiós a Papi con la mano antes de marcharse en el coche. Creo que aquí vamos otra vez. Abordo el camión para comenzar a tomar órdenes.

Cuando se vacía el mercado de pulgas y se reduce la fila afuera de Tía Perla, Papi recoge las sillas plegadizas mientras yo limpio las mesadas.

—¿Y ahora a dónde? —pregunta él. No parece posible, pero son las primeras palabras que me ha dicho en toda la tarde.

—¿Al parque? —le sugiero.

Pero los campos están casi vacíos para cuando llegamos. Observamos las primeras entradas de un juego de *softball*, pero al no venir nadie a hacer una orden, decidimos avanzar. Lo mismo sucede en la tienda de conveniencia e incluso en la estación de servicio.

—¿Y ahora qué? —pregunto.

Papi frunce el ceño. Golpetea el volante con la punta de sus dedos y vira hacia la derecha en el siguiente semáforo, creo que a la comisaría. Al menos estaremos temprano en casa y podré volver a dibujar.

Pero luego vira de nuevo y estamos de vuelta en el centro de la ciudad. ¿Qué podría estar pensando? Ya probamos en la tienda de conveniencia, todas aquellas oficinas del centro han cerrado para el fin de semana. Habríamos tenido suerte de tener siquiera unos cuantos clientes esta tarde. Ahora ya está atardeciendo y ya no hay oportunidad.

Cuadras más adelante me doy cuenta de hacia dónde estamos yendo, y no lo creo. Se me hace un hoyo en el estómago cuando Papi estaciona Tía Perla en la angosta calle entre un aparcamiento de cuatro pisos y el estadio donde, en unas cuantas horas, Viviana Vega cantará para todos, excepto para mí.

—No, no, no, no, *no.*

—Estefanía, lo siento, pero de verdad necesitamos la venta. Quién sabe lo que sucederá con estas nuevas regulaciones. Tenemos que vender tantos tacos como podamos en el tiempo que podamos. Fuimos afortunados de haber llegado antes que nadie.

Estoy comenzando a creer que mis padres y yo tenemos definiciones completamente diferentes de «ser afortunados». Esto no es ser afortunado. ¿Esto? Esta es una absoluta pesadilla. Solo espero que nadie de los que vaya al concierto me vea a mí, la Reina del Taco, atorada con Tía Perla. Pero, en serio, ¿cómo escondernos?

Recibimos un flujo constante de clientes a medida que el sol se esconde lentamente: aquellos que llegan temprano esperando captar un vislumbre de Viviana Vega y quizá incluso un autógrafo, admiradores desesperados en busca de boletos de última hora, aunque eso signifique pagar una fortuna. Un poco después de las cinco en punto, Papi dice que nos va a cocinar la cena temprano para no necesitar tomar un descanso cuando la verdadera multitud llegue un poco más tarde. Quiero decirle que no tengo hambre, pero la verdad es que me muero de hambre. Tan solo pensar en uno de los súper burritos de Papi hace gruñir mi estómago.

Yo me quedo en mi puesto en la ventanilla mientras Papi cocina. De cara hacia el estadio, solo puedo pensar en cómo me imagino que es el autobús de giras de Viviana Vega. Me pregunto lo que estará haciendo en este preciso momento. ¿Calentando para su concierto? ¿Posando para tomarse fotos con Julia Sandoval y todos los demás que *sí* son suficientemente afortunados de tener padres que no se preocupan tanto?

Justo entonces, una clienta aclara su garganta afuera de la ventanilla para ordenar.

—¿Hola?

Me asusta.

—Lo siento. Creo que estaba en las nubes. ¿Puedo ayudarle?

—Quizá esto te suene descabellado —dice ella—, ¿pero existe la probabilidad de que en su menú haya algo sin trigo, sin lácteos, sin huevo y sin carne?

Papi se ríe detrás de mí.

—Órale —dice—, la especialidad de la casa.

Yo echo un vistazo por la ventana, casi esperando ver a Arthur. Pero solo veo a una mujer con la capucha de su sudadera a media frente.

—Seguro. Podemos prepararle algo —le digo.

Papi vierte sobre la parrilla un puñado de jitomate, cebolla y pimiento; luego les exprime la mitad de un limón, originando una pequeña nube de vapor. Mientras crepitan las verduras, él extiende sobre la mesada una hoja gigante de lechuga, más grande que mi mano. Unta capas de guacamole, luego arroz, luego frijol, y amontona encima las verduras. Después de salpicar un poco de salsa, lo enrolla como un burrito y lo envuelve en papel amarillo arrugado.

Yo lo coloco en una bolsa con una servilleta.

—Son cuatro dólares, por favor —le digo.

La mujer saca de su cartera un billete y me lo entrega.

—Mil gracias. Conserven el cambio, ¿de acuerdo? —Ella se marcha antes de poder preguntarle si desea una rodaja de limón.

Abro la mano, esperando ver un billete de cinco dólares. Es uno de cincuenta. Este tiene que ser un error. Abro la ventanilla tanto como puedo y me asomo.

—¡Espere! —le digo— ¡Dejó demasiado!

Pero la mujer solo dice adiós con la mano de espaldas mientras corre hacia el estadio.

—Caramba, debió necesitar de verdad un burrito —susurro. Le muestro el billete a Papi.

Su frente se frunce, hasta que finalmente rinde sus intentos de comprenderlo.

—Bueno, escuchaste lo que dijo, mija. Quédate con el cambio. Te lo has ganado.

Él debe sentirse muy mal de arrastrarme hasta allá. Es mucho dinero, y no estoy segura de qué hacer con él. ¿Quizá unos carteles más para mi habitación? Quizá también comience a decorar, ya que nunca podré marcharme, pienso con resentimiento. O posiblemente se lo dé al señor Salazar. Me pregunto cuántos tubos de pintura se pueden comprar con cuarenta y seis dólares. Creo que no los suficientes para toda la clase. Pero sí unos cuantos.

Luego recuerdo lo que Papi dijo acerca del negocio y de necesitar vender tantos como podamos. Sé que puedo quejarme de Tía Perla. Mucho. Pero creo que nunca pensé en lo que haríamos sin ella. Presiono el botón para el cambio de la máquina registradora, y cuando se abre el cajón, dejo adentro el billete de cincuenta dólares.

—Tú también puedes quedarte con esto — le susurro.

81

Capítulo 16

Finalmente se encienden las farolas y comienza a formarse una fila alrededor del estadio.

La fila alrededor de Tía Perla es casi igual de larga. No hay manera de que Papi hubiera podido controlarlo sin mí.

—¡Cuatro tacos de pollo!

—Dos quesadillas!

—¡Un burrito de carne, sin frijoles!

Yo coloco las órdenes y cuento el cambio casi sin pausas entre cliente y cliente. El ajetreo de la cena es todo un remolino que casi ignoro a Amanda y a Arthur que brincan arriba y abajo, saludando con los brazos desde la mitad de la fila. Me sorprende cuánto me agrada verlos, y estoy sorprendida de ver ahí a Arthur.

Asomo mi cabeza por la ventanilla y articulo: ¡Vengan acá! Hablamos entre órdenes.

—Pensé que no soportabas a Viviana Vega —me burlo de Arthur—. Era basura pop, ¿no?

Él hunde sus manos en los bolsillos y desvía la mirada.

—Bueno, la señorita Barlow dijo que si escribía una reseña musical para obtener puntos extra, ella no me daría otro castigo por llevar mis audífonos a la clase. Además, boleto gratis.

Amanda le da un empujón en el brazo.

—Como sea. Todos sabemos que eres el mayor admirador de Viviana.

—¿Y tú no estás muy lejos? —Arthur le regresa el golpecito.

En ese momento se detiene frente al estadio una limusina negra. Amanda la señala.

—¿Creen que sea ella? —dice entrecortadamente.

—No puede ser —le respondo—. Ella no entraría por la puerta principal —¿O sí?

Miramos salir al chófer, caminar hacia la parte trasera de la limusina y abrir la puerta del pasajero. Julia Sandoval sale caminando con una blusa dorada brillante y unos enormes lentes oscuros posados sobre su cabeza.

—¿Por si tiene que esconderse de los paparazzi? —bromea Amanda.

—*Obviamente*.

Continuamos mirando para ver con quién está; ¿qué afortunado alumno de séptimo grado puede pasar la tarde con Julia

Sandoval y sus boletos para ir detrás del escenario? Yo creo que Maddie, pero la siguiente persona en salir de la limusina es el hermano menor de Julia. Y luego su mamá.

Julia mira en dirección a Tía Perla, pero no sé si nos ve. Se coloca los lentes y camina hacia la entrada junto con su familia. Papi se acerca a la ventanilla con bolsas de cena para Amanda y Arthur.

—Tengan cuidado allá —les dice—. Llámennos si necesitan algo. Estefanía, asegúrate de que tengan tu número telefónico.

—*Papi* —gimoteo.

—Ay, está bien —dice Amanda—. Mi hermana va a esperarnos y Arthur tiene el celular de su mamá en caso de necesitarlo.

¿Ves?, quiero decir. En cambio, me muerdo la lengua y despido a mis amigos con la mano. Amanda promete comprarme un programa, y se van deprisa para unirse a la fila. Yo me doy la vuelta otra vez y observo que Papi ha estado mirándome. Parece que tiene algo que decir, pero antes de que lo haga, un rostro se asoma en la ventanilla.

—¿Qué tan rápido pueden prepararme un par de tacos? No quiero llegar tarde al concierto.

Papi se limpia las manos en el delantal que está atado alrededor de su cintura y regresa a la parrilla.

—Dos tacos —le digo—, en seguida.

Capítulo 17

A la mañana siguiente abro los ojos y continúo tan cansada que cualquiera pensaría que en realidad fui al concierto. La luz del sol mana por los orificios de mi minipersiana, arrojando rayas de sombra sobre mi cobertor. Puedo sentir que ya es tarde. Mientras me estiro debajo de las fundas, me sorprendo de que mis papás todavía no me hayan echado de la cama para nuestro desayuno dominical en Suzy's. Finalmente, bostezo, me ato el cabello y me topo con la cocina, donde espero encontrar a Papi y a Mami bebiendo su café.

En cambio, la cocina luce brillante y vacía. Hay dos tazas de café secándose sobre un repasador junto al fregadero, y los únicos sonidos que escucho son el tictac del reloj y el zumbido de la podadora de nuestros vecinos. Es extraño. ¿Mami y

Papi ya están trabajando en el jardín? Luego observo una nota pegada en la puerta del refrigerador: No quisimos despertarte, dice en la prolija letra cursiva de Mami. Nos fuimos a Suzy's. Llámanos si necesitas algo. No puedo creerlo, e incluso me asomo por las persianas para ver si mis papás en realidad se están escondiendo en el patio trasero o algo así. Pero es verdad. Estoy sola en casa.

No puede ser.

Luego, al pensar que Suzy's se encuentra al final de la cuadra, quizá entonces ellos sí estén en el patio trasero. Y después de todo, solo es el desayuno. No estarán fuera durante más de una hora aproximadamente. Pero, aun así, mis padres de verdad me han dejado sola en casa. Siento que puedo hacer lo que sea. Y luego pienso en qué puedo hacer.

Caliento una taza de chocolate caliente en el microondas y lo llevo a la sala de estar junto con el periódico. Mis padres han cerrado con llave e incluso han cerrado todas las cortinas. Está oscuro y quieto, y en realidad se siente un poco extraño sin ellos. Luego de hojear las historietas y beberme mi chocolate de un trago, tomo el teléfono inalámbrico que reposa sobre la mesa de centro, y lo saco de su base. Mami también dejó ahí una nota: Si alguien llama, no les digas que estás sola en casa.

—Ya *sé*, Mami —no hay nadie a quién decirle más que al tictac del reloj. Marco a la casa de Amanda, mientras revoleo los ojos. Quiero escuchar todo acerca del concierto, ahora que ya todo acabó.

Responde la mamá de Amanda.

—Ah, hola, cariño —dice ella—. Amanda me dijo que te vio anoche. Siento que no hayan podido asistir las dos juntas. Pero Arthur y ella se la pasaron bien. Sin embargo, llegaron a casa muy tarde y ella sigue en la cama. ¿Es urgente o le digo que te llame más tarde?

Le digo a la señora García que no es urgente, veré a Amanda mañana en la escuela. Ella cuelga, y pienso qué hacer después. No sirve de nada llamarle a Arthur, él asiste a la escuela coreana cada domingo después de la iglesia y no estará en casa durante horas. Enjuago mi taza y regreso a mi habitación, quizá solo tomaré una ducha y luego adelantaré mi lectura de la semana. Mientras me lavo los dientes, se abre la puerta principal.

—¿Estefanía? —Mami grita antes de que Papi y ella terminen de entrar.

—¡Estoy en el baño! —le respondo, gritando, con la boca llena de espuma sabor a menta—. ¡Un segundo!

Los encuentro esperándome en la cocina.

—¿Todo bien? —pregunta Mami.

—Por supuesto —le respondo automáticamente, como si no fuera gran cosa que me dejaran sola en casa por primera vez en toda mi vida—. ¿Qué pudo haber pasado?

Papi y Mami se miran. Esta vez, ambos *me* revolean los ojos. Luego Papi me entrega un envase para llevar de Suzy's. «Te extrañamos en el desayuno. No has comido, ¿verdad?».

No he comido. Y a decir verdad, estaba comenzando a arrepentirme perderme el maravilloso huevo con chorizo de Suzy's.

—Tu favorito —dice Papi, colocando la caja en la mesa de la cocina. Mami me trae un plato y una servilleta, mientras Papi se dirige a su habitación para elaborar las listas de compra de la semana por comenzar. Mami se sienta junto a mí entretanto me meto aprisa una cucharada de chorizo.

—¿Cómo lo convenciste de hacer eso?

—¿Lo convencí? —responde Mami—. Fue idea suya. Yo estaba sumamente preocupada. Quería llamarte en el restaurante.

—Maaaaami, *en serio* —gimoteo—. Estabas como a una cuadra. Yo estaba *bien*.

—Ya sé —suspira, apretándome los hombros—. Ahora termínate tu desayuno, ¿y luego qué tal si planchas tus blusas de la escuela, tal como la semana pasada? Y también los pantalones de Papi, ahora que sabemos que puedes usar una plancha.

Si eso significa que mis padres comenzarán a tratarme como una niña de trece años, plancharé cada camisa de la casa, y ni qué hablar de los pantalones. Además de los calcetines y la ropa interior.

Capítulo
18

El lunes por la mañana llaman a Mami para cubrir el turno de otro gerente, de manera que Papi ofrece llevarme a la escuela. Ya que no es nuestra rutina normal y que tenemos que recoger a Tía Perla de camino, apenas llego a tiempo a la escuela. Aunque ya es tarde, había esperado encontrarme a Amanda y a Arthur afuera del salón, listos para desbordar con todos los detalles del concierto. Pero cuando llego a la puerta escucho sus voces adentro. Yo creo que no pudieron esperar para contarles a todos los demás acerca de Viviana Vega. Me pone un poco celosa no haber sido la primera en escucharlo, pero creo que lo entiendo.

Al entrar en el salón veo a una multitud encima de Arthur. Junto a él, justo en el centro, se encuentra Amanda, agitando las manos frente a su cara. Trato de descifrar lo que está diciendo y por lo que está tan emocionada.

—... o sea, estuvimos ahí *justo* después. No la vimos. Estoy *muy* enfadada.

Arthur me mira. «¡Ahí está!». Todos voltean a verme. Todos con excepción de Julia, cuyos ojos están fijos en el celular, que está en su regazo.

—¿Qué? —me miro la camiseta para ver si tal vez me derramé algo al salir corriendo por la puerta en la mañana. Parece que está limpia. Me golpeteo la punta de la cabeza. No tengo nada pegado—. En serio, ¿qué? —miro a Arthur y luego a Amanda.

—¿Cómo fue? —Maddie pregunta de repente—. ¿La tocaste?

—¿Toqué a quién?

—¿Fue amable? ¿Te dio un autógrafo? —pregunta Matthew—. Por favor, dime que te dio un autógrafo.

Miro de un rostro emocionado a otro y no puedo comprender de qué están hablando. ¿Me están molestando? ¿Porque mis padres no me permitieron asistir al concierto? Pero no puede ser por eso. Arthur y Amanda son mis amigos.

Volteo de nuevo hacia Amanda, pidiéndole una pista con la mirada.

Ella me responde la mirada y guiñe lentamente.

—¿En serio no sabes? Arthur, muéstrale.

Arthur le arrebata a Maya un pedazo de periódico, luego lo levanta para que yo lo vea. Ahí, con tinta negra, se encuentra una imagen de un camión de tacos que luce sospechosamente como Tía Perla.

¿Y ahora qué? Le quito el periódico a Arthur y todos me miran leerlo.

Sí es Tía Perla, y hay alguien que le está entregando una bolsa a un cliente que apenas sobresale de una sudadera con capucha.

—Esperen, no logro entender.

Miro la fotografía más de cerca y finalmente reconozco *mi* brazo extendido. Recuerdo a la clienta: sin trigo, sin lácteos, sin huevo, sin nueces y sin carne. La atendí la noche del concierto. No obstante, todavía no tiene sentido. ¿Quién habría tomado esta fotografía? ¿*Por qué* alguien habría tomado esta fotografía? ¿Y cómo habría terminado en el periódico?

—Pero ¿qué... es esto?

Amanda, para ahora impaciente, me toma de la muñeca y me sacude.

—*Vamos*, Stef. ¡Mira! ¡Lee!

De acuerdo, de acuerdo.

Miro la leyenda: La estrella pop, Viviana Vega, toma un descanso de los ensayos para probar la comida local antes de su concierto agotado en la arena el sábado por la noche.

No. Puede. Ser. Volteo el recorte de periódico, que de pronto me parece sospechoso. «¿Esto es siquiera real?». Mami y yo leemos el periódico todos los días. No nos habríamos perdido esto. Y luego recuerdo que no tuvimos tiempo de ver el periódico esta mañana.

Amanda comienza a reírse.

—No pudiste asistir al concierto, pero fuiste la única que se tomó una foto con ella. Qué loco, ¿no?

Julia finalmente levanta la mirada de su teléfono.

–Es un milagro que no haya tenido que cancelar el concierto por intoxicación alimentaria.

Pero ni siquiera me importa. No puedo quitar la mirada de la fotografía.

—Entonces, ¿le pediste su autógrafo o qué?

—¿Te dijo algo?

—¿Qué comió?

—¿Es tan alta como parece?

—¿Había alguien con ella?

No me doy abasto.

–No, yo... solo, no, yo no...

—Dios mío —Julia se ríe burlonamente y abre los ojos como si de pronto se hubiera dado cuenta de algo—. Ni siquiera supiste que era ella. Viviana Vega fue a comer a tu chiflado camión viejo de tacos y ni siquiera supiste que era ella.

—Como sea. Por supuesto que lo supe —miento débilmente—. Ya sabes, solo estoy sorprendida de que alguien haya tomado una fotografía. Viviana quería que fuera una cena privada —¿De verdad dije eso?

La campana suena finalmente y la señorita Barlow se levanta de su escritorio. «De acuerdo, suficiente. Todos acomódense y tomen asiento. Si nos sobra tiempo al final del período, Stef podrá contarnos *todo* sobre el avistamiento de la celebridad. Por ahora, por favor, abran sus libros en la página ciento cincuenta y nueve».

Cuando saco de mi mochila mi libro de arte lingüística, me volteo y le susurro a Arthur:

—¿Puedo quedarme con el periódico para mostrárselo a mi papá? —Él asiente.

❀ ❀ ❀

Para el almuerzo yo ya no soy la chica cuyo papá conduce un camión de tacos. Soy la chica que conoció a Viviana Vega. Si los rumores son ciertos, soy la chica que ha cenado con Viviana Vega, quien es prácticamente su mejor amiga. Al principio se siente un poco extraño, pero me acostumbro... rápidamente.

Nuestra mesa está tan llena que apenas puedo levantar el codo para abrir mi cartón de leche.

—O sea, ella de veras tiene los pies en la tierra para ser una celebridad tan importante. —(Después de todo, ella *sí* comió de un camión de tacos, ¿no?)—. Viviana es, ya saben, bastante normal.

Miro al otro lado de la mesa a Amanda y a Arthur para asegurarme de que no estén a punto de hacer una broma. Parece que todavía están emocionados por mí. Luego, por primera vez en el día, observo un botón de Viviana Vega prendido de la camiseta tipo polo de Arthur.

—Pensé que no la soportabas.

—Nunca subestimes el poder de la música en vivo.

—De cualquier manera —digo, mirando a toda la mesa, con un gesto hacia Arthur—, en realidad él nos presentó.

Arthur luce confundido. Le recuerdo del menú oficial de Arthur Choi hecho por Papi.

—¿La especialidad de la casa?

—Ah, sí —sonríe.

—Si no hubiera sido por ti, no habríamos tenido nada con qué alimentarla.

Arthur se yergue en la banca.

—Es cierto —dice—, el platillo favorito de Viviana Vega es el especial de Arthur Choi.

Capítulo 19

Al terminar las clases encuentro a Tía Perla a lo lejos del aparcamiento, apenas asomando la punta bajo la sombra de un gran fresno. Pero ya que todavía me siento tan llena de emoción y de las mariposas de haber (casi) conocido a Viviana Vega, ni siquiera me molesta verlo ahí. Cuando Papi toca el claxon y me saluda con la mano, yo le devuelvo el saludo, con el recorte de periódico en la mano.

—¡Tienes que ver esto! —le digo mientras subo al camión. Papi toma el periódico y examina la fotografía. Su rostro se llena de sorpresa y luego de confusión cuando reconoce a Tía Perla, pero no puede comprender por qué lo está viendo en el periódico. Yo sé cómo se siente eso y le ayudo.

—¡Era ella! —le digo, casi desabrochando de un salto mi cinturón de seguridad—. Viviana Vega. ¡En *nuestro* camión! Qué loco, ¿no?

—Ah, sí —Papi sonríe—. La especialidad de la casa —me devuelve el periódico y enciende el motor—. Entonces sí la viste, después de todo.

Le lanzo una mirada que dice *demasiado pronto*, pero se disuelve rápidamente en una sonrisa. Le digo que deberíamos hacer el artículo al tamaño de un cartel y colgarlo cerca del menú. Esto *debe* ser bueno para el negocio. Papi asiente y dice: «Mmmm», pero yo sé que en realidad no está prestando atención. Yo me frustro un poco de que parece que no está entendiendo lo importante que es esto, cuando me doy cuenta de que no estamos dirigiéndonos a ninguna de nuestras paradas normales para la hora de la cena. Había estado hablando tanto y tan rápidamente que no me había percatado.

—Espera, ¿hacia dónde nos estamos dirigiendo? —le pregunto—. ¿Olvidaste algo en la comisaría?

—Esta noche no sacaremos a Tía Perla —me dice Papi—. Hay un trabajo más importante qué hacer.

Si no vamos a trabajar toda una noche, creo que esto debe ser muy importante.

Después de algunos minutos, nos detenemos en la comisaría y el lote está más lleno que nunca. Hay más clases de camiones de comida de lo que jamás me habría imaginado ver en un solo lugar: Wok'n'Roll, Lotsa Pasta, Dim Sum and Then Some, Heart and Soul Food. Pero la mayoría son camiones de tacos, muchos de ellos con murales vívidos en los costados que hacen que Tía Perla luzca más vieja y simple de lo normal.

El Toro es un camión rojo brillante que tiene un toro negro gigante pintado justo en medio, con la cabeza levantada regiamente, mirando hacia la distancia.

Una guirnalda de flores de Jamaica rojas, anaranjadas y rosas trepa alrededor de Burritos La Jamaica.

En la parte trasera de Mariscos el Nayarit hay un pez espada que salta del agua color turquesa, su pico como de cuchillo señala hacia el sol resplandeciente.

Me percato de que los camiones son como lienzos, viéndolos de pronto en una manera distinta.

Mientras Papi coloca a Tía Perla en un lugar de estacionamiento, yo abro el cierre de mi mochila y comienzo a sacar mi libro de matemáticas, pensando en que comenzaré mi tarea mientras él se encarga de cualquier negocio importante que tenga ahí dentro. En cambio, él me dice que es mejor que lo acompañe. No está seguro de cuánto tiempo se tarde.

Sigo a Papi hacia la bodega donde almacenamos productos secos como frijoles y harina, y artículos como tenedores y servilletas. Ya adentro se encuentran docenas de conductores, solo que ninguno parece estar trabajando. Están sentados en cubetas volteadas y parados en grupos de tres o cuatro. Todos lucen muy serios, con las manos metidas en los bolsillos o en forma de puño.

Papi se para casi al fondo con los brazos cruzados, y se apoya en una repisa. Yo encuentro una cubeta y la acerco para sentarme junto a él. Finalmente, Vera, de burritos Paradiso, camina hacia el frente del lugar.

—¿Todos pueden escucharme? —pregunta. Creo que casi está gritando, pero desde aquí atrás, su voz suena débil y delgada.

Alguien grita:

—¡Más fuerte!

—Intentaré hablar más fuerte —asiente—. ¿Pueden escucharme? ¿Pueden ponerse en orden?

Alguien choca una cuchara contra un frasco grande de encurtidos. *Tilín, tilín, tilín.* Se extingue el murmullo.

—Gracias —le dice Vera al hombre de la cuchara. Luego se voltea de nuevo hacia el grupo—. Como saben, nos hemos reunido esta noche para elaborar un plan para luchar contra estas nuevas regulaciones. Admito que Myrna y yo creemos que creemos que no pasará nada, pero aquí estamos. Necesitamos hacernos escuchar.

Hay susurros a favor, y los murmullos amenazan con convertirse otra vez en un rugido. Vera levanta el brazo como si estuviera dirigiendo el tránsito. Los murmullos se disipan, pero se espabilan mis oídos. ¿Regulaciones? ¿Otra vez? Papi les había dicho a los conductores que todo estaría bien. Yo le creí, en realidad no me había preocupado mucho hasta ahora. Volteo a ver a Papi mientras él escucha. Apenas parpadea.

Le jalo la manga, y le susurro:

—¿Quieres que te traduzca?

Él menea la cabeza y me da un golpecito en la mía.

—No, mija.

El concejo municipal, explica Vera, ha programado una audiencia pública para discutir las reglas que gobernarán a los vendedores ambulantes de alimentos.

—Esos somos nosotros —dice ella—. Necesitamos llegar preparados para hacer una buena defensa para nosotros mismos.

Ella lee la lista de propuestas que recuerdo escuchar de la carta de Papi. Una por una, los conductores las discuten, decidiendo si es una regla con la que pueden vivir o contra la que deben protestar. Ellos intercambian argumentos. Comparten historias. Deciden que asistirán en grupo a la audiencia. Llevarán a sus familiares y amigos. Dejarán una impresión.

—Ahora, sé que muchos de ustedes son tímidos, creen que su inglés no es suficientemente bueno —dice Vera al final de la reunión—. Pero recuerden que si desean ser escuchados, tendrán que hablar claro.

Nos marchamos de la bodega, nos aseguramos de que Tía Perla esté cerrado con llave durante la noche y caminamos de vuelta a nuestra camioneta. Me pregunto si Papi hablará en la reunión, en realidad no me lo imagino. Quiero preguntarle si cree que en realidad podemos quedarnos sin negocio; pero él se está mordiendo las uñas, lo cual me provoca una sensación de cosquilleo mayor que cuando me pide que le traduzca. Entonces no digo nada.

Al llegar a casa, Papi pregunta qué me gustaría cenar, pero le digo que estoy demasiado cansada como para comer y me despido. Me quito los zapatos me desplomo en mi cama y me quedo mirando al techo, pensando un poco sobre la reunión de la comisaría. La situación parece mucho más grave que al principio, y los brazos tiesos de Papi, sus labios apretados y sus uñas mordidas no están haciendo nada para convencerme de que todo estará bien.

Pero luego, cuando miro el recorte de periódico que está en mi mochila, me es difícil preocuparme por los camiones de comida. Me levanto para pegarlo en la pared, y por un segundo me permito preguntarme si será tan malo perder a Tía Perla. Mami todavía tiene empleo y posiblemente un ascenso en puerta. Además, Papi ya ha cambiado de profesión antes, ¿o no?

Capítulo
20

A la tarde siguiente en el estudio de arte, el señor Salazar no nos deja mucho tiempo en suspenso.

—Hablé con la directora acerca de su baile de recaudación de fondos —comienza. Nosotros estamos al borde del asiento—. *Y...* ella dice que está de acuerdo.

—¡*Sí*! —Jake golpea la mesa de artes y luego hace una mueca de dolor—. ¡Auch!

Amanda está sentada entre Arthur y yo, y con alegría nos da unos golpecitos en los hombros. Julia y Maddie han estado apretándose las manos, esperando el veredicto del señor Salazar. Ahora ya se han levantado de los bancos, aún tomadas de las manos, y están saltando en el linóleo.

—¡*Eeeeee*!

—*Si* —continúa el señor Salazar, hablando más fuerte que nosotros—. Si de verdad están listos para hacerlo. Organizar un baile requiere de mucho trabajo. ¿Y recaudar dinero además? Es un verdadero desafío, es todo lo que les digo.

Él sugiere que elijamos a un comité de planeación para asegurarnos de tener cubierto cada pequeño detalle.

—Ya que es la idea de la señorita Sandoval, ella puede ser la capitana. ¿Tenemos algún cocapitán?

El señor Salazar mira alrededor mientras se levantan brazos en todo el salón.

—Todos son líderes. Pero recuerden que tiene que ser alguien que tenga tiempo libre. —Amanda baja el brazo—. Alguien con ideas creativas. Alguien que sepa cómo dar una buena fiesta. —Julia le sonríe a Maddie—. Pero más importante que eso, alguien que sepa decirle a la gente por qué debe importarle.

Christopher levanta de un golpe la mano, pero incluso antes de que el señor Salazar lo mire, él grita:

—Stef. Elija a Stef Soto. Quizá ella pueda lograr que venga Viviana Vega.

—Sí, claro —decimos al unísono Amanda, Arthur y yo. Pero una voz tras otra concuerda con Christopher—. Sí, elija a Stef.

—¿Qué? —pregunto desconcertada y un poco aterrada.

—¿*Qué*? —dice Julia con desdén.

No puedo creerlo. Y a juzgar por la mirada en su rostro, tampoco Julia puede creerlo.

El señor Salazar engancha sus dedos en el cinturón de su pantalón y parece que lo está pensando.

—¿Y bien, Estefanía? ¿Qué dices?

No lo sé. ¿Colaborar con Julia? ¿Estar a cargo? ¿Y qué si Papi y Mami no me dejan asistir al baile? ¿Cómo explicaría *eso*?

Pero en realidad, artes *es* mi clase favorita. Y esta es una estupenda oportunidad para que me conozcan por algo que no sea Tía Perla. Volteo a ver a Arthur y a Amanda, quienes están asintiendo con entusiasmo. Amanda me da un codazo en las costillas. «¡Auch!».

—*De acuerdo* —le digo a Amanda, sobándome el costado. Miro de nuevo al señor Salazar—. De acuerdo —le digo—, lo haré.

—Está bien —dice Julia, indignada—. Puedes ser mi vicecapitana.

—Cocapitana —la corrijo.

Antes de que el señor Salazar nos despida, nos reparte boletas de permiso para pedirles a nuestros padres que nos permitan quedarnos una hora más en la escuela dos veces a la semana para planear el baile. Antes de mostrárselo a mis padres, pienso en cómo los convenceré de que firmen.

Camino hacia la estación de servicio apretando los dientes y le presento la boleta de permiso a Papi tan pronto como llego.

Sus labios se mueven lentamente al leer la carta, y yo comienzo a sentir pánico. No pueden decir otra vez que no. Pero antes de que pueda decir *algo*, comienzo a explicarle sobre el armario vacío de artes y de cuánto me encanta el arte. Le digo que el señor Salazar está contando con nosotros, y conmigo, para planear el baile y que sea un éxito.

Papi coloca su mano sobre mi hombro:

—Cálmate, mija —suelta una risita—. Por supuesto que el señor Salazar está contando contigo. No sé si me guste la idea de que tú vayas a un baile...

Siento que se me rozan las mejillas. Pero Papi se revisa y saca un bolígrafo de su bolsillo delantero.

—¿Estarás en la escuela? —confirma.

—En el estudio para planear las reuniones. El baile será en el gimnasio.

—¿Y habrá chaperones?

—Algunos maestros —se supone que también debemos reclutar padres voluntarios, pero no lo menciono.

Papi firma finalmente. Yo le retiro la boleta de permiso y la guardo en mi mochila antes de que cambie de parecer.

Capítulo
21

Dos días más tarde, entramos todos juntos en el estudio después de la escuela para nuestra primera sesión de planeación del baile. Amanda no puede faltar a su práctica de soccer, pero me envía a la reunión con una bolsa marrón de papel llena de algunas de las revistas viejas de manualidades de su mamá.

—Ahí hay algunas ideas muy buenas para adornos —me dice, prometiéndome trabajar los banderines y guirnaldas en su casa—. Podemos hacerlas nosotras mismas. Coloqué notas adhesivas en las páginas.

Una vez instalados en el estudio, el señor Salazar nos recuerda que para recaudar el dinero que necesitamos, tendremos que planear cuidadosamente y trabajar rápidamente.

Él pone a Julia como capitana del comité, a cargo de dividirnos en equipos al resto, cada uno responsable de alguna parte de los preparativos. Su primera tarea es para mí, su cocapitana, y parece que yo estoy a cargo de tomar notas y básicamente de seguir sus órdenes. Ella me ignora cuando comienzo a quejarme.

—Ahora, alguien tiene que estar a cargo de los adornos —continúa ella.

Arrojo sobre la mesa la bolsa de revistas de Amanda.

—Amanda está a cargo de los adornos —le digo—. Ella ya tiene algunas ideas.

—Amanda ni siquiera está aquí. —Julia objeta.

Julia se sacude el cabello con impaciencia.

—Está bien. Amanda está a cargo de los adornos. Anótalo.

Discutimos hasta agotar una larga lista de tareas hasta que se ocupa cada puesto, excepto uno.

—La publicidad. Lo más importante —dice Julia con la barbilla levantada—. Obviamente, si nadie llega, no importa cuán buenos sean los refrigerios ni cómo luzcan los adornos.

—Y si nadie llega, no recaudamos dinero para los suplementos de arte —añado.

—Ya *sé*. Estaba a punto de decirlo —hace una pausa, esperando que todos le presten atención—. Es por ello que yo estoy a cargo de la publicidad —voltea a verme y sonríe con mucha dulzura—. Si quieres, aún puedes hacer algunos de los carteles

—luego murmura muy bajito para que el señor Salazar no la escuche—. Solo no les derrames salsa de taco encima.

Maddie se pone la mano en la boca para acallar sus risitas. Se me enciende la cara y quiero gritar. Aquí estoy, huyendo finalmente de la reputación empapada de salsa de Tía Perla, y Julia tiene que seguir recordándosela a la gente.

Arthur sale en mi rescate, o al menos lo intenta.

—Em, veamos, necesitamos a alguien que pueda hacer que un montón de niños vengan a nuestro baile. Bueno, tenemos a alguien que logro que una *celebridad* de verdad viniera a su camión de comida. ¿Y quién fue? Te doy una pista, Julia, no fuiste *tú*.

Fue lindo que Arthur intentara ayudar, pero hasta yo tengo que admitir que eso es demasiado. Tal vez jamás lo diga en voz alta, pero ni siquiera reconocí a Viviana Vega cuando estuvo frente a mí.

—Está bien, Arthur —le digo—. Julia puede estar a cargo de la publicidad. Yo haré los carteles. De cualquier manera, eso es todo lo que de verdad quería hacer.

Ya casi se acaba nuestra hora de planeación, y el señor Salazar, que se fue a su escritorio, finalmente interviene.

—De acuerdo —aplaude—. Parece que han hecho un buen trabajo preliminar. A la próxima, más vale que comiencen a trabajar *de veras*.

Y sí lo hacemos.

Amanda pide permiso en sus prácticas de soccer para poder estar con nosotros en el estudio. Ella trae los brazos llenos de sobras de papel de envoltura con instrucciones para doblar el papel para hacer estrellas grandes de origami.

—Amarraremos un montón y las colgaremos del techo —explica, antes de que el resto del equipo de decoración y ella se adueñen de una de las mesas de arte, para comenzar a cortar y a doblar.

Mientras tanto, el equipo de refrigerios redacta una carta para la tienda de comestibles, preguntándole al gerente si considera donar gaseosa y helado para que los vendamos en el baile. Mami ha prometido entregar la carta tan pronto como esté lista.

Julia y yo deambulamos por las mesas. Cuando decidimos que todo está bajo control, ella se va con Maddie, que está haciendo una lista de escuelas cercanas a las que podemos invitar. Yo tomo una libreta y me siento junto a Arthur, quien está trabajando en su lista de reproducción. Ya sé que necesito comenzar a trabajar en esos carteles, pero no me siento muy inspirada. Esta mañana Arthur me prestó un artículo que encontró en una de sus revistas, lleno de imágenes de carteles antiguos de conciertos. Yo saco la revista de mi mochila y comienzo a hojearla, esperando que una de ellas me encienda la imaginación.

Ya que nada me viene a la mente, decido tomar el consejo de la señorita Barlow y simplemente comenzar. Arthur se baja los audífonos y mira por sobre mi hombro.

—Es bueno —dice amablemente, pero no con entusiasmo. Y tiene razón.

—Sí; pero no es exactamente lo que necesitamos.

Él se coloca de nuevo los audífonos.

—Naa.

El señor Salazar se acerca mientras golpeo el papel con mi lápiz.

—¿Estás atorada?

—Un poco.

—Recuerda —dice— que estás dirigiendo este comité porque te interesa el arte. Entonces dime, ¿por qué importa el arte? —se coloca la mano en el corazón—. Para *ti*, ¿por qué es importante?

Cierro los ojos para pensarlo un segundo.

—¿Para mí? Creo que porque... bueno, cuando pienso en qué decir o en cómo expresar lo que siento... normalmente... puedo... dibujarlo. —El señor Salazar asiente y se aleja, y comienza a crecer la semilla de una idea nueva.

Cuando llega el tiempo de marcharse a casa, guardo mis esbozos y recojo mi mochila. Pero antes de marcharme, escucho hablar a Maddie y a Julia mientras limpian su área de trabajo.

—Pero no entiendo por qué Arthur está perdiendo el tiempo en una lista de reproducción cuando Stef va a traer a Viviana Vega. O sea, ahora ella la conoce o algo así.

—Ella no la conoce —dice Julia con rabia—. Ella le vendió un burr-iiit-oouu —cada sílaba suena como si estuviera estirando ligas, una tras otra.

Yo salgo, cerrando la puerta rápidamente. Maddie no puede estar hablando en serio, ¿o sí? Creí que toda la plática de Viviana Vega había pasado al olvido. Tengo la mano cerrada sobre el picaporte. Estoy a punto de girarlo, regresar y corregirla. Pero cambio de parecer y lo suelto. Deduzco que Maddie sabrá que estuve escuchando a escondidas. Y de cualquier manera, si la gente va a hablar a mis espaldas, que digan que soy amiga de una súper estrella no es exactamente el peor rumor del mundo. Además, si lo veo de cierta manera, de una manera muy vaga, *podría* decir que conozco a Viviana Vega. Casi. La conozco mejor que cualquiera de nuestra escuela, eso es seguro, y definitivamente mejor que Julia.

Capítulo 22

Pero para la siguiente semana, lo que había comenzado como un alocado rumor, se había extendido como los estornudos durante la temporada de fríos. Las cosas no se han tranquilizado, pero todos creen que es verdad, y me preocupa ya no poder ignorarlo. Alumnos de octavo grado que jamás me han mirado en los pasillos, me están esperando en mi casillero para preguntarme si de verdad Viviana Vega vendrá a nuestro gimnasio. Los alumnos de sexto grado me tocan en el hombro y ruegan por autógrafos. Yo no sé qué decir, así que, en la mayoría de los casos, no digo nada, solo encojo los hombros.

—Ah, ya sabes —les respondo—. Ya veremos. —No es exactamente un sí, pero tampoco es exactamente un no.

—No vas a adivinar —comienza a decir Amanda, azotando su bandeja de comida en la mesa el viernes por la tarde— lo que Trish me pidió ayer en la práctica de soccer.

—¡Por Dios, qué fácil! —se queja Arthur.

—Perdón —dice ella—. De cualquier manera, ella me dijo que *te* preguntara si puede tomarse una foto con *Viviana Vega* en el gran baile de artes. Qué locura, ¿no?

—Sí, qué locura —destapo la hoja de papel aluminio que envuelve uno de los burritos de pollo y maíz caseros de Papi; por alguna razón, saben mejor al día siguiente, y trato de sonar despreocupada—. ¿Qué le dijiste?

Antes de que Amanda responda, dos alumnos de octavo grado se dejan caer sobre la banca en la mesa, en frente de mí.

—¿Puedes decirle a Viviana que me dedique una canción? —uno de ellos interrumpe—. Cualquier canción. Solo pregúntale, ¿de acuerdo?

Encojo los hombros como siempre y me señalo la boca, como indicando que está tan llena del burrito que no puedo decir ni una sola palabra.

—Mmm... hmm.

Amanda y Arthur dejan de masticar. Ellos se me quedan viendo con la boca abierta mientras yo les doy una patada debajo de la mesa, esperando que entiendan el mensaje: *Por favor, no digan nada.* Finalmente, los chicos de octavo grado parecen estar satisfechos y se marchan.

Amanda y Arthur continúan mirándome cuando engullo.

—¿Qué? —les pregunto, bebiendo un sorbo de mi botella de agua.

—¿*Qué*? ¿Ahora ya estás aceptando dedicatorias? —me pregunta Arthur sarcásticamente.

—Bueno... yo... ya sabes... de cualquier manera esto es *toda* tu culpa —balbuceo—. Si no hubieras abierto la boca en la clase de artes, nadie estaría esperando que yo trajera a la escuela a Viviana Vega.

—¿*Mi* culpa? —Arthur luce como si yo acabara de darle una bofetada. Incluso sus mejillas se rozan un poco—. Estaba tratando de defenderte, y *nunca* dije que ibas a traer a Viviana Vega.

Amanda, dice tranquilamente, de una vez por todas:

—Lo creen porque tú dejas que lo crean.

Una parte de mí sabe que ellos tienen razón; otra parte de mí está tratando de tragarse un montón de vergüenza. Pero otra parte de mí arde de escuchar que mis amigos me acusen ahí en medio de la cafetería.

—No puedo creerlo —digo, meneando la cabeza—. Ninguno de ustedes soporta que sea yo quien finalmente esté obteniendo un poco de atención, ¿o sí?

Ninguno de los dos responde. Arthur se coloca los audífonos y apoya su cabeza sobre su brazo, mientras arrastra perezosamente palitos de zanahoria por su plato. Amanda se queda mirando su bandeja un par de minutos, introduciendo la manzana en su bolsillo y levantándose para marcharse. No hablamos el resto de la tarde, y se siente peor que ir a casa en Tía Perla.

Capítulo
23

El lunes por la mañana después de que Mami y yo ayudamos con la compra en el mercado de productores y con el trabajo de preparación en la comisaría, Papi conduce a casa y se detiene en el bordillo frente a nuestra casa para dejarnos. Mami desciende de un salto y mantiene abierta la puerta para que yo salga; pero en lugar de seguirla, les pregunto si puedo pasar el día con Papi y Tía Perla. Mis padres lucen un poco sorprendidos, pero aceptan. Mami nos sopla besos desde la galería mientras nos marchamos.

—¿Podemos comenzar en el parque? —le pregunto. Amanda estará ahí y tengo que hablar con ella cara a cara, antes de que el silencio incómodo entre nosotras continúe la siguiente semana escolar.

—¿Por qué no? —acepta Papi.

Llegamos al parque mientras los papás están ganando lugares en la banda con asientos de playa y grandes sombrillas. Algunos de los equipos ya han comenzado a calentar. Después de un rato, veo que Amanda sale de un salto del coche de su mamá con un bolso de gimnasio colgado del hombro. Ella corre hacia donde su equipo está practicando y se tira sobre el césped para colocarse sus zapatos de fútbol. Aunque ella quisiera, no tendría tiempo para hablar conmigo hasta que termine el juego, por lo que decido ayudarle a Papi con Tía Perla.

Cuando cocina, él entra en un ritmo suave y fluido, casi como si estuviera bailando con una de sus canciones de banda. Solo que no hay música, solo está el feliz tarareo que Papi hace con algo que le encanta y por lo que ha trabajado duro. Cuando los campos surgen a la vida con los juegos de las primeras horas de la mañana, la cocina de Tía Perla comienza a chisporrotear con las primeras órdenes de la mañana. Yo le dicto a Papi cada una de ellas. Asintiendo rápidamente con la cabeza, él arroja un montón de mantequilla a la parrilla y espera a que se derrita hasta convertirse en un charco amarillo brillante. Él agrega pollo o bistec, luego pimientos y cilantro. Mientras se cocina la carne, se eleva el vapor, entretejiendo los olores de los pimientos, las cebollas y las especias que provocan cosquillas en la nariz, antes de escaparse por los conductos de ventilación azules de Tía Perla. El primer burrito del día es el que vende todos los demás, Papi me dice siempre, llamando la atención de los demás clientes con su aroma cálido y tentador.

Cuando la carne ya está casi cocida, Papi separa una o dos tortillas de una pila que hay dentro del refrigerador de Tía Perla y las presiona contra la parrilla con su mano cubierta por un guante, solo unos segundos de cada lado, justo lo necesario para suavizar las tortillas. Luego apila la carne adentro y le agrega una cucharada de salsa. Después de desmoronar queso Cotija encima, él envuelve el burrito firmemente en un solo movimiento fluido y coloca todo de vuelta en la parrilla, apenas tostando la tortilla para que cruja un poco. Finalmente, envuelve el burrito en papel, antes de dármelo para que lo coloque en una bolsa y se lo entregue al cliente, cuya boca, para entonces, normalmente ya se hizo agua.

La hora del almuerzo es cuando el baile de Papi es el más complicado pero la más grácil, ya que se desliza de la parrilla al refrigerador al fregadero a la tabla de cortar, sin perder el ritmo ni confundir jamás una orden.

Sin embargo, últimamente la vibración de su celular rompe su ritmo. Cuando otros conductores llaman para hablar de la estrategia de los camiones de comida, Papi se sujeta el teléfono entre su oreja y su hombro, mientras revuelve la carne de la parrilla. Yo escucho partes de su conversación, cuando escucho un largo silbido que significa que terminó el juego de Amanda.

A mí todas las llamadas de celular me suenan igual. Al comienzo Papi sacude la cabeza mientras dice una y otra vez que no es justo, que tienen que pelear. Antes de que pase mucho tiempo comienzan los quizá: «Quizá si nosotros... quizá si ellos... quizá si yo...», hasta que Papi dice tristemente al final:

—Va a pasar lo que pase.

Es entonces cuando yo quiero quitarle de las manos el teléfono y decirle: «No. No tienes que dejar que las cosas pasen». Así es como me metí en este desastre de Viviana Vega, y ahora tengo que *hacer* algo. Pero primero necesito de mi lado a Arthur y a Amanda otra vez. Suena el silbato. Termina el juego. Los equipos comienzan a estrechar las manos.

Yo sé que no puedo contar con que Amanda me busque, después de lo que sucedió el viernes en el almuerzo, así que tomo una botella de gaseosa del refrigerador y le pregunto a Papi si puedo ir allá a saludar. Él se inclina y se asoma por la ventana de órdenes, como si tratara de medir la distancia entre Amanda y nosotros.

—Tendré mi teléfono —le recuerdo, golpeando mi bolsillo.

Eso le suena satisfactorio. Él se yergue de nuevo y me despide con la mano.

Capítulo
24

Yo me quedo atrás, recargada en un árbol, y espero que
Amanda termine de hablar con sus compañeras de equipo
antes de acercármele.

—¡Hola! —le digo, extendiendo la gaseosa de cereza.

—No, gracias —dice ella al verla. Su rostro está completamente sonrojado. Yo sé que se debe a su partido, pero hace
que luzca muy enfadada, y parte de mí quiere darse la vuelta y
caminar hacia Tía Perla.

Pero exhalo profundamente y me regreso la gaseosa.

—De acuerdo, solo quiero decir que siento lo de ayer. Es
mi culpa que el rumor de Viviana Vega se haya salido de control, y no debí haberlos culpado a ti ni a Arthur.

Amanda me mira entrecerrando los ojos, sonríe, y luego estira la mano para tomar la gaseosa.

—Está bien.

Finalmente exhalo y nos sentamos en el pasto.

—De verdad necesito tu ayuda —le digo, arrancando las diminutas hojas de ramas de trébol—. Tenemos que averiguar qué hacer con esto.

—¿Ayuda con qué? Solo diles a todos que ella no vendrá. Se enfadarán. Y después lo superarán.

Ya lo he pensado, pero debe haber otra manera. Una manera de hacer que Viviana venga a Saint Scholastica. Suena imposible, pero alguna vez también sonó imposible la idea de que una celebridad se acercara a la ventanilla de Tía Perla para ordenar. Cuando se lo explico a Amanda, gruñe y se tira al césped. Me estoy preparando para otro argumento, cuando dice:

—Está bien.

—¿Bien?

—Bien —repite ella, sentándose—. Pensaremos en algo. Pero más vale que le digas a Arthur que lo sientes. También lo necesitamos a él.

Amanda ve que su mamá la llama desde el campo donde acaba de terminar el partido de su hermano menor. Ella se levanta y se sacude el césped de los pantalones cortos, diciendo:

—Sigo pensando que deberías decir la verdad y terminar con todo.

Yo revoleo los ojos.

—Ahí se van a quedar —grita, mirando hacia atrás.

Me siento un millón de veces mejor al regresar a Tía Perla. En el tiempo que me tomó tranquilizar las cosas con Amanda, se detuvo otro camión, Taquizas la paloma. Cuando Papi no está al teléfono con otros conductores, está reunido con ellos en persona para preocuparse, conspirar o quejarse. Pero no tengo tiempo para preguntarme qué están haciendo ahora. Entro en la cabina y hurgo un bolígrafo y algo en qué escribir en la caja de guantes. Encuentro un sobre viejo, eso debe servirme, y lo llevo a la mesa de tarjetas que Papi ha colocado para los clientes. Luego me siento, abriendo, cerrando, abriendo, cerrando el bolígrafo, intentando pensar en un plan.

Han pasado veinte minutos sin que me dé cuenta. Y en lugar de siquiera una sola buena idea, todo lo que tengo es una docena de pequeños garabatos amontonados en una esquina del sobre. Lo arrugo y comienzo a sobarme las sienes.

Escucho que Papi grita:

—¡Adiós! —a medida que se aleja el otro conductor. Luego, en vez de regresar al camión, se sienta junto a mí en la mesa de las tarjetas—. Necesito que me ayudes en algo.

Papi me explica que todos los conductores están preparando sus discursos para la reunión del concejo en la gran ciudad. Él también quiere escribir un discurso.

—Tiene que ser muy profesional —dice él—. Sin errores.

—Puedo darme cuenta de que él no confía lo suficientemente en su nivel de inglés como para escribir por sí mismo un discurso. Yo sé que me está pidiendo que se lo escriba, y sé cuán vergonzoso debe ser.

Aun así, ahora mismo tengo mis propios problemas y no quiero que Tía Perla se interponga de nuevo en mi camino. Desvío la mirada.

—Lo que sucede es que ahora estoy muy ocupada —le digo—. Con... cosas de la escuela. Y con el baile y todo eso... —Se me apaga la voz. Papi no dice nada, solo me da unas palmaditas en la espalda, se levanta y regresa caminando al camión. Por mi garganta burbujea un pozo de culpabilidad; pero como sucedió al perderme el concierto, tal vez esto sea para bien. Es tiempo de regresar a la lluvia de ideas, y volteo el sobre para comenzar de nuevo.

El resto de la tarde en el parque se pone tan ajetreada que Papi dice que podemos cerrar y regresar temprano a la comisaría. A dos días de la reunión del concejo, el lugar está crujiendo de nerviosismo, tal como gotas de agua sobre una cacerola chisporroteante. Sobre el aviso de la reunión alguien ha escrito: ¡Salven nuestros camiones de comida! Los conductores se apiñan sobre las impresiones resaltadas de las regulaciones propuestas, afinando sus argumentos.

Papi estrecha sus manos mientras se marcha de la comisaría. Se desean buena suerte y acuerdan verse afuera del ayuntamiento el lunes por la noche para poder entrar en grupo.

—Recuerden ponerse una camisa limpia —bromea uno de los conductores, dándole un codazo a Papi en las costillas—. Vas a aparecer en la televisión.

Espero hasta que estamos en la camioneta para preguntarle a Papi qué quiso decir.

—No es de verdad —me explica Papi—. Ellos graban las reuniones y las transmiten en un canal de acceso público para que quienes no pueden estar ahí en persona puedan seguirla. Sin embargo, no creo que alguien la vea.

Me siento aliviada. Sé cuán nervioso se pone Papi cuando tiene que hablar inglés en frente de extraños. Tan solo pensar en que tiene que hablar inglés en *televisión* también me estaba poniendo nerviosa. Y ahora entiendo por qué quería mi ayuda.

Entonces, el domingo por la noche, cuando nos pide ensayar su discurso, apago el televisor, bajo la ropa sucia e intento escuchar de verdad. Leyendo en fichas, habla acerca del trabajo duro y de mantener una familia y de criar a una hija. Voltea a vernos a Mami y a mí, inseguro. Ella asiente alentadoramente, y él continúa. Él habla acerca de una oportunidad y del sueño estadounidense; y por primera vez en mucho tiempo, recuerdo esa sensación dulce a gaseosa de fresa cuando Tía Perla era un sueño que los tres compartíamos.

Capítulo 25

Nadie me está esperando afuera del salón al llegar a la escuela el lunes por la mañana. No me sorprende, pero se me endurecen los nudos del estómago. Amanda está en su escritorio, terminando la tarea de anoche. Ella levanta la mirada al verme, y yo me muerdo el labio. Ella revolea los ojos e inclina la cabeza hacia Arthur. *Solo hazlo,* articula.

Amanda me había perdonado muy fácilmente en el parque: todo lo que se necesitó fue una disculpa y una gaseosa. Pero ella nunca se queda enfadada mucho tiempo. Amanda se calienta de repente y se enfría rápidamente. Arthur es diferente. Su ira es más como un vapor lento y constante, en especial cuando alguien hiere sus sentimientos. Y lo he conocido el tiempo suficiente para saber que lo lastimé.

Él se encuentra en su asiento con sus audífonos puestos debajo de una sudadera gruesa con capucha que lleva puesta, aunque afuera no haga ni un poco de frío. Me paro frente a su escritorio durante algunos segundos, esperando que levante la mirada. Al ver que no lo hace, le digo:

—¿Arthur?

Nada.

—*Arthur* —lo intento otra vez, más fuerte—. Arthur, estoy tratando de disculparme.

Sé que puede escucharme, pero apenas parpadea.

—¡Oye! —le grito, bajando su capucha hasta su cuello. Su cabello que está debajo es un desastre de picos recién salidos de la cama.

—¡Oye *qué*! —replica al instante, quitándose finalmente los audífonos—. Se supone que tienes que estar disculpándote, ¿recuerdas?

Tiene razón.

—Lo siento.

—¿Y?

—Bueno, lo siento. Lo siento mucho. Fui una tonta. ¿Me perdonas?

Él se encoje de hombros y se coloca de nuevo los audífonos.

—Voy a pensarlo.

Pero lo he conocido tanto tiempo que sé que ya lo pensó.

También es algo bueno, porque hasta ahora parece que Julia es la única, además de Arthur y Amanda, desde luego, que no está esperando que Viviana Vega se presente en nuestra escuela.

—Tú sabes que no vendrá —Julia se dirige furiosa hacia el estudio de artes para nuestra sesión extracurricular de planeación del baile—. ¿Por qué sigues pretendiendo que sí vendrá?

—Bueno, no vendrá si ni siquiera lo *intentamos* —le respondo. Pero sé que tengo que pensar rápidamente en algo, y estoy contando con que mis amigos me ayuden.

Julia parpadea.

—Como sea.

Ella saca de su mochila una carpeta que dice baile y busca nuestra lista maestra. Casi todas las casillas están palomeadas. Amanda y su equipo han doblado cientos de estrellas de papel y las han ensartado en largas guirnaldas brillantes. La tienda de comestibles le ha prometido al equipo de refrigerios no solamente helado y gaseosa, sino también platos y servilletas. Arthur le ha entregado al señor Salazar su lista de reproducción para que la apruebe, y Maddie les ha enviado invitaciones a todas las escuelas de secundaria cercanas.

Y finalmente también tengo algo con qué contribuir, algo más que medias verdades y exageraciones.

Espero a que Julia llegue a «carteles» en nuestra lista de pendientes. Tal como lo esperaba, ella se coloca las manos sobre las caderas y zapatea con impaciencia.

—¿Y bien, Stef? ¿Cuánto tiempo más tendremos que esperar?

—Ah, unos dos segundos más —le digo, abriendo el armario de suministros del señor Salazar para sacar el cartel que guardé ahí antes. Entonces lo desenrollo y lo sostengo en alto para que todos lo vean.

—Caramba —susurra Jake.

—Lindo —dice Arthur. Incluso Julia y Maddie lucen impresionadas.

Inspirado en el cartel de Viviana Vega que me dio Arthur, en el mío hay docenas de brazos levantados pintados en gris, negro y blanco. Pero en lugar de alzarse hacia Viviana tienen en las manos pinceles, lápices, pasteles y paletas. En la parte superior escribí: Expresarte con el corazón, con la palabra «arte» resaltada con trazos rojos dentro de la palabra «expresarte».

—Muy bien hecho —dice el señor Salazar mientras mi cartel recorre el salón. Él promete hacer copias y tenerlas listas para que las peguemos mañana por toda la escuela.

Capítulo 26

E sa tarde me sorprende ver la camioneta en el aparcamiento en lugar de Tía Perla.

—¿Qué ocurre? —le pregunto a Papi mientras arrojo mi mochila sobre el asiento—. ¿Vamos a recoger de aquí a Tía Perla?

—No, mija. ¿No te acuerdas? Hoy es la reunión del concejo. No sacaremos a Tía Perla.

Tiene razón. Asiento, y miro hacia la ventanilla. Es una tarde cálida. Los días han comenzado a alargarse, pero todavía no hace calor. Si Papi hubiera estado trabajando, sería la tarde perfecta para llevar a Tía Perla al parque. Los vecinos estarían paseando a sus perros. Las mamás y los papás estarían arrojándoles frisbis a sus hijos e hijas. Los equipos de soccer estarían fintando sus balones alrededor de conos anaranjados. Todos verían a Tía Perla y se percatarían de su gran antojo de tacos.

Incluso había pensado en un nombre para tardes como esta: el clima del taco. Era un código entre Papi y yo. Uno de los dos diría: «Parece que hace clima de taco», y ambos sabíamos que sería una hermosa tarde ajetreada. Sin embargo, hoy no lo menciono. Ambos tenemos cosas más serias en qué pensar.

—Mami se tomó la noche libre —me dice Papi—, y si quieres, puedes quedarte con ella. Sé que tienes mucho trabajo qué hacer. Pero esperaba que... bueno, todos pudiéramos asistir juntos a la reunión.

Me imagino sentada en una silla incómoda dentro de un salón atestado, mientras un montón de conductores de camiones de comida le hablan a un montón de hombres y mujeres acerca de reglas que no tienen nada qué ver conmigo.

—¿Para qué?

—Bueno, mija, yo sé lo que quiero decir. Pero es muy importante que lo diga bien. Sin errores. Los demás conductores están contando conmigo, todos contamos con todos, y creo que el concejo de la ciudad comprenderá mucho mejor lo que yo estoy intentando decir si *tú* lo dices. ¿Vienes conmigo para leer el discurso?

Tiene que estar bromeando. ¿No dijo que esta reunión se transmitiría por televisión? O sea, sé lo que se siente tener algo importante que decir y sentir que *nadie* puede entenderte, pero esto es demasiado. No puedo hacerlo. Volteo a verme los zapatos.

—¿Podemos simplemente ir a casa? —murmuro—. Lo siento, solo quiero irme a casa. Tengo que hacer cosas de la escuela y necesito llamarle a Amanda, y no creo que sirva de mucho allá.

—Órale —dice él, golpeándome la rodilla—. No te sientas mal. Mami y tú pueden mirarnos desde casa.

Mami nos recibe en la puerta y nos empuja de prisa hacia la cocina, donde ya está lista la cena.

—Siéntense y termínense la comida —dice ella—. Necesitamos salir de aquí rápidamente si queremos sentarnos juntos.

Yo me encojo y Papi interviene.

—Después de todo, quizá sería mejor si Estefanía y tú se quedaran en casa —dice él—. Ella tiene mucho que estudiar.

Mami voltea a verme, luego mira a Papi, y luce desconcertada.

—Bueno, de todas formas necesitas comer —dice ella—. Siéntate.

Papi se sirve dos enchiladas que escurren salsa roja. Pero una vez en su plato, solamente las picotea. Saca de su bolsillo sus tarjetas y veo sus labios moverse lentamente mientras se lee a sí mismo su discurso.

Mientras tanto, Mami camina lentamente de un lado al otro por la cocina, llevando un vaso de agua de la mesada a la mesa, y de vuelta a la mesada. Ella dice una y otra vez, no sé si a Papi, o a mí, o a sí misma:

—Todo va a estar bien. Solo espera. Todo estará bien. —Ella tampoco está comiendo, y yo tampoco tengo mucho apetito.

—¿Puedo levantarme? —Sin esperar una respuesta, tomo el teléfono inalámbrico de su base y me lo llevo a mi habitación. Mientras marco el número de Amanda, escucho que Mami besa a Papi en la frente y le desea suerte. La puerta principal se cierra, y él sale conduciendo hacia la reunión.

Amanda responde al tercer timbrazo. Antes de entrar en materia, hablamos acerca de los ensayos que tenemos que entregarle a la señorita Barlow y del misterioso aroma del salón de la señora Serros.

—Todavía no sé qué hacer acerca de lo de Viviana Vega. ¿Has pensado en algo?

—¿Te refieres a algo además de decir la verdad? —pregunta.

—Ja, ja.

—Bueno, entonces, ¿qué tal una imitadora?

—¿Conoces a alguna?

—¿No puedes arreglártelas?

Escucho pisadas en el pasillo y luego llaman a mi puerta.

—¿Estefanía? —dice Mami a través del quicio—. Ya comenzó la reunión.

Le digo a Amanda que tengo que colgar y luego me siento con Mami en el sillón de la sala de estar.

Capítulo
27

Veo en la pantalla a tres hombres y dos mujeres sentados en sillas giratorias de piel detrás de una gigantesca mesa. Cada uno de ellos lleva puesto un saco, y a cada uno le han servido un vaso alto de agua. Frente a la mesa se encuentra un podio de madera, y detrás se encuentran filas y filas de sillas plegables. Todos los asientos están ocupados. No puedo ver ninguno de los rostros de la audiencia, solo la parte trasera de su cabeza. Saber que Papi está en una de esas sillas, que en algún momento de la noche se pondrá de pie para hablar en ese podio, hace revolotear un millón de mariposas en mi estómago. Mami me toma de la mano.

La mujer que se encuentra en medio de la mesa, con un saco color marfil, echando un vistazo a través de sus anteojos de lectura, golpea ligeramente con su martillo.

—Avancemos al artículo 4 de la agenda: regulaciones pospuestas para los vendedores ambulantes de comida.

El hombre que está sentado a su lado se aclara la garganta.

—Alcalde Barnhart, le estoy presentando estas propuestas a petición de algunos ciudadanos interesados que están preocupados acerca de la salud y de los riesgos de seguridad asociados con el creciente número de camiones de comida en nuestra comunidad. Me gustaría abrirlo a debate público.

La alcaldesa Barnhart voltea a ver hacia la audiencia.

—¿Parece que tendremos comentarios públicos? —Se forma una larga e inquieta fila en el podio.

Pasa primero una mujer de cabello corto castaño y una larga bufanda diáfana. Ella dobla el micrófono de manera que se acerque más a su boca, echa un vistazo detrás de sí, y habla.

Su familia posee una cafetería en la ciudad, dice ella. Ha estado en su familia durante décadas. Pero ahora, todos los camiones de comida que se estacionan cerca están robándole los clientes. No es justo, se queja. Los camiones no tienen que pagar baños ni edificios, alfombras ni aire acondicionado.

—Por favor, aprueben estas regulaciones para equilibrar de nuevo el campo de juego. —Toman notas los hombres y mujeres de la mesa. Algunos asienten. Yo volteo a ver a Mami, que se está mordiendo el labio. Nos acercamos más en el sillón.

El siguiente en pasar al podio es un hombre de camisa azul rayada con las mangas enrolladas. Él dice que vive cerca de un parque donde llegan camiones de comida cada fin de semana.

—Algunas de esas cosas son tan viejas y antiestéticas que uno tiene que preguntarse acerca de la limpieza, ¿saben? ¿Y qué de la contaminación del aire? ¿Y qué acerca del ruido? ¿Qué si un camión atropellara a uno de los niños?

Aplauden algunos de la audiencia. El hombre de la camisa rayada regresa a su asiento, y un hombre de suéter verde toma su lugar en el podio. Él le dice al concejo que tiene una panadería y una cafetería. Su esposa, dice él, se enfermó luego de comer en un camión de tacos hace no mucho tiempo.

—Si eso sucediera en mi tienda, los inspectores de salubridad estarían encima de mí. ¡Estos camiones necesitan seguir las mismas reglas que el resto de nosotros! —Golpea el estrado con el puño. Produce un ruido sordo, el mismo sonido de mi corazón al pensar hacia dónde se dirige esta reunión.

Yo tengo mis quejas acerca de Tía Perla, pero ya no soporto escuchar a estos extraños. Parece como si estuvieran molestando a una amiga, y de pronto no puedo creer que yo no esté ahí para defenderla.

—Mami, tenemos que ir —le digo, brincando del sillón.

—Mija, sé que es difícil mirar ahora, pero veamos lo que sucede. Tu Papi ni siquiera ha tenido su turno.

Yo ya estoy en mi habitación, colocándome de nuevo los zapatos.

—No, Mami. Quiero decir, ¡vámonos! —le digo, gritando—. Debemos estar ahí. Con Papi.

Estoy de vuelta en la sala de estar dos segundos más tarde. Mami se me queda viendo momentáneamente, sorprendida. Luego voltea a ver el televisor, y después mira sus llaves que están sobre la mesa de centro.

—Órale.

Capítulo
28

Mami me deja en las escaleras de la alcaldía. Yo trepo dos a la vez, mientras ella encuentra un lugar para estacionarse. Durante el agitado viaje hacia allá, se me ocurrió un plan: buscar a Papi y leer su discurso, tal como me lo pidió. Pero cuando abro las puertas, me percato de que es imposible. Tengo que pedir permiso, tocando en los hombros, y empujar entre codos, diciendo: «Perdón, ¿me permite pasar?», solo para escurrirme hacia adentro. Busco rostros conocidos entre la multitud. Veo unos cuantos, pero no veo a Papi.

Entonces, de repente, lo escucho.

—Buenas noches. Me llamo Samuel Soto. —De alguna manera, su voz suena más delgada y suave en el micrófono que en nuestra cocina—. Les agradezco su tiempo en esta noche.

Se detiene. Se aclara la garganta.

—Hace cinco años compré un camión de comida. No es mucho, pero es mi sueño, el sueño estadounidense de mi familia.

Tengo que llegar al podio. Doy pisotones, empujo bolsos de mano, casi me caigo en el regazo de alguien mientras me escurro hacia el frente del salón.

—Mi esposa —Papi continúa— y yo llegamos a este país preparados para trabajar duro, porque creímos en la promesa: que, si trabajábamos arduamente, podríamos construir una vida nueva, mantener una familia.

Para ese momento, casi puedo verlo. Él reorganiza sus tarjetas, voltea a ver al concejo municipal, luego de vuelta a sus manos.

—Y es verdad —asiente—. Hemos sudado, y hemos ahorrado. Con trabajo duro hemos hecho una vida de la que estamos orgullosos. Pero si ustedes aprueban estas nuevas reglas, todo ese trabajo se irá a la basura. Si tenemos que mover nuestros camiones cada hora, gastaremos más dinero en combustible del que ganamos vendiendo burritos. Y con respecto a los baños públicos, bueno, ¿no me parece más lógico estacionarme donde pueda encontrar clientes en lugar de estacionarme donde pueda encontrar un baño?

Se ríen un par de miembros del concejo. Papi levanta la mirada y sonríe. Ahora luce más firme, la versión de sí que dirige con confianza la cocina de Tía Perla.

—Mis amigos y yo pagamos impuestos —continúa—. Algunos de nosotros incluso han contratado empleados. ¿Qué sucede con esos empleos si nos quedamos sin trabajo? —Su voz decae otra vez—. Ahora, en cuanto a mi familia y yo, nuestro pequeño camión nunca nos hará ricos. Pero me siento feliz de criar a mi hija y darle una educación. De darle mejores oportunidades que las que yo tuve, para que tal vez ella no tenga que trabajar tan duro.

Se encoje de hombros y guarda en el bolsillo de su camisa las tarjetas.

—Eso es todo. No queremos recibir un trato especial. Solo una oportunidad justa.

Finalmente estoy parada justo detrás de él. Él me escucha y se voltea.

—¿Qué pasó? —susurra. Yo le hago señas de que continúe.

Él se voltea de nuevo hacia el concejo y termina aprisa.

—Una vez más, gracias por su tiempo.

La alcaldesa levanta su martillo.

—Al no escuchar más comentarios, convoco a votación. Todos los que estén a favor...

—¡Espere! —¿En serio es esa mi voz? Con el eco todavía en mis oídos, suena como si fuera la voz de alguien más. No tengo idea de qué estoy haciendo, pero no puedo permitir que se dé este voto. Aún no.

La alcaldesa continúa con el martillo elevado.

—¿Sí?

Miro por detrás de mí, donde hay filas y filas de gente mirándome en silencio, con curiosidad. Trago saliva.

—Jovencita, ¿hay algo que pueda hacer por ti? De verdad necesitamos avanzar.

—Sí, —trago— por favor. Si no es demasiado tarde, me gustaría decir algo.

Escucho suspiros detrás de mí. Uno de los hombres de la mesa mira su reloj. La alcaldesa Barnhart baja su martillo.

—Supongo que hay suficiente tiempo para un comentario —dice ella—. Adelante. Pero por favor, hazlo rápidamente.

Volteo a ver a Papi, quien voltea a verme a mí, con ambas cejas levantadas como si fueran dos grandes signos de interrogación. Yo asiento y él susurra:

—Órale —luego baja el micrófono lo suficiente para que yo hable en él. Finalmente se baja del podio.

—Por favor, diga su nombre para el registro —dice la alcaldesa Barnhart.

—Me llamo Stef Soto. Estefanía Soto —¿Ahora qué?

Volteo a ver al concejo; ellos me están mirando a mí.

Miro hacia la audiencia otra vez; ellos me están mirando a mí.

Volteo a ver a Papi; él también me está mirando a mí.

—Si tienes algo que agregar —dice impacientemente la alcaldesa—, por favor dilo ya.

Recuerdo lo que me dijo la señorita Barlow. Simplemente comienza con algo. Entonces, respiro hondo y comienzo.

—Tía Perla en realidad no es mi tía. Así es como llamamos nuestro camión de tacos —comienzo—. Oigo risas detrás de mí. Siento calor en mi rostro, con fuegos artificiales que estallan en mis mejillas. Pero luego recuerdo que el señor Salazar me presionó para explicar lo que realmente me importa *a mí*, y continúo.

—Ni siquiera estoy segura de que me agrade, pero sé que es importante. Me importa *a mí*. Es *nuestro* camión. Todos trabajamos muy duro para obtenerlo; seguimos trabajando duro por él. Y él trabaja muy duro para nosotros. Mi papi siempre obedece las reglas. A veces creo que las reglas le gustan *demasiado*.

Eso desencadena otras risas.

—Es como él dijo, él no desea un trato especial, solo desea que lo traten con justicia. Así que espero que lo reconsideren. Porque, aunque Tía Perla no sea mi tía, ella *sí* es como de la familia.

La mitad del salón aplaude.

Papi coloca su mano sobre mi hombro y me lleva de vuelta a su asiento. Al caminar hacia allá, los conductores se estiran para apretujarme la mano, susurrando: «Buen trabajo, mija», y: «Bien hecho». Yo sonrío y me siento en el asiento de Papi. Él se agacha y me dice: «Gracias», y luego se queda de pie junto a mí.

La alcaldesa golpea su martillo.

–Ahora que *de verdad* terminaron los comentarios públicos, creo que finalmente es hora de un voto. En el interés de la equidad, consideremos estas propuestas una por una. En primer lugar, la propuesta que requiere que los camiones de comida cambien de ubicación cada sesenta minutos: todos los que estén a favor, digan a favor. —Nadie habla—. Todos los que estén en contra digan no. —Los cinco dicen no.

La propuesta no fue aprobada. Un ligero vítor se eleva entre los conductores. Una menos. Volteo a ver a Papi con esperanza. Él sonríe y me toma la mano.

Avanzan a la siguiente propuesta. ¿Se requiere que la mayoría de los camiones de comida se estacionen dentro de cien pies de un baño público?

Otra vez, no.

Todos vitoreamos, esta vez más fuerte.

—Y finalmente —dice la alcaldesa—, la propuesta que requiere que los permisos de vendimia ambulante se renueven anualmente en lugar de cada cinco años, y que sean otorgados basados, en parte, en la apariencia del vehículo. ¿Todos los que están a favor?

Uno de los miembros del concejo se acerca al micrófono.

—Bueno —dice él—, las dos primeras propuestas sí parecían injustas e innecesarias. Pero creo que todos podemos estar de acuerdo en que no queremos un montón de monstruosidades móviles merodeando por nuestra ciudad. Yo voto a favor de la medida.

—A favor —dice el concejal a su lado, asintiendo.

Los demás les siguen: «Sí», y: «Sí», y luego la alcaldesa toma de nuevo la palabra:

—No veo razón alguna por la que los vendedores *no deban* mantener sus camiones limpios y bien mantenidos. Es unánime. —Ella golpea la mesa con su martillo.

Miro a los conductores que están en la audiencia, algunos se están susurrando, otros se encojen de hombros. Dos de tres no está mal. Parece que ellos están de acuerdo. Halo de la camisa de Papi, deseando felicitarlo. Él voltea a verme y sonríe, pero mantiene los brazos cruzados sobre su pecho.

Luego de que la alcaldesa Barnhart golpee su martillo una vez más para cerrar la reunión, la audiencia estalla de verdad, vitoreando y estrechando manos. Yo también brinco de mi asiento, dejándome llevar por la emoción. Mientras Papi y yo caminamos juntos, nos encontramos con Mami, que está detrás del salón, aplaudiéndonos y sonriéndonos.

Ella me alborota el cabello, y besándome la frente, me dice:

—Mija, estoy muy orgullosa. Lo hiciste.

Los demás conductores están planeando reunirse en la comisaría para celebrar. Yo le digo a Mami que se adelante, quiero irme con Papi.

—Puedes irte conmigo, Estefanía —dice él—. Pero no creo que vayamos a la comisaría. Vayamos a casa. Ha sido una noche larga —su voz se oye cansada y suave otra vez, y no puedo entenderlo. ¿No acabamos de ganar? ¿No estamos felices? ¿No es exactamente esto lo que él quería? Examino su rostro para hallar pistas, pero no encuentro ninguna.

—De acuerdo —le digo—, vamos a casa entonces.

141

Capítulo 29

La noche anterior habíamos estado fuera tan tarde que Mami y Papi me dejaron levantarme tarde a la mañana siguiente. Mami me deja en la escuela con una nota para justificar mi retardo, y después de reportarme en la oficina, camino por el largo pasillo vacío hacia el salón de la señorita Barlow, deteniéndome en la puerta. No hay forma de que alguien me haya visto en la transmisión pública anoche, ¿verdad?

Pero si alguien vio la reunión, no lo menciona; nadie levanta la mirada de su lectura a medida que me deslizo cautelosamente en mi asiento.

—Stef, ¿podrías venir aquí un segundo nada más? —es la señorita Barlow. Ella deseará saber por qué no llegué a tiempo a la clase.

—Lo siento mucho —comienzo a decirle—. Es solo que estuvimos fuera hasta muy tarde, y...

Ella levanta la mano para detenerme.

—Sé por qué estuviste fuera hasta tarde. Yo siempre miro las reuniones del concejo en la televisión.

Ay no. Ella va a hacer de esto una gran cosa, ¿no?

—No te preocupes. No voy a hacer de esto una gran cosa. Solo quiero decirte que debes estar orgullosa. Eres muy persuasiva cuando hablas desde adentro.

Eso me da una idea.

❋ ❋ ❋

Tengo que esperar hasta la hora del almuerzo para contarles a Arthur y a Amanda.

Al escucharlo, Amanda arruga la nariz.

—¿*Esa* es tu gran idea?

Yo sé que no es mucho; pero por alguna razón, creo que podría funcionar.

Decido escribirle una carta a Viviana Vega. Le mostraré cuánto significa para nosotros el arte. Le diré cuánto necesitamos su ayuda.

—Ya sabes, desde adentro —digo al terminar de explicar.

Viviana también es artista. Creo que lo entenderá.

—Creo que podría funcionar —dice Amanda. Ella luce dudosa—. ¿Pero a dónde vas a enviarla? Ella no escribió su dirección en ese billete de cincuenta dólares, ¿o sí?

Tiene razón. Golpeo mi cabeza contra la mesa del almuerzo.

—Relájate, dramática —dice Arthur—. Se la envías a su disquera.

—¿Su disquera?

—La empresa que saca su música —dice él—. Tú escribe la carta y yo busco la dirección.

Arthur hace lo suyo, y a la mañana siguiente me pasa un pedazo de papel. Su letra es un poco distorsionada y amorfa, pero puedo descifrar la dirección.

—¡Lo hiciste! —le digo un poco alto. La señorita Barlow nos mira con sospecha por sobre su taza de yogurt.

Esto es perfecto. Podría abrazar a Arthur, y casi lo hago, pero justo cuando estoy a punto de arrojar mis brazos sobre su cuello, él se coloca los audífonos... y su capucha... otra vez sobre sus orejas. Yo regreso a mi escritorio para releer mi carta en los pocos minutos que quedan antes de que comiencen las clases.

Querida señorita Vega:

Me llamo Stef Soto. Probablemente no me recuerde, pero yo le vendí un burrito hace no mucho tiempo. Sin trigo, sin lácteos, sin huevos, sin nueces, sin carne. Espero que le haya gustado.

144

Le escribo porque el programa de arte de mi escuela, Saint Scholastica, necesita ayuda. Casi se nos han agotado los suplementos de arte. Mi clase de arte y yo estaremos llevando a cabo un baile con el fin de recaudar dinero para comprar algunos suplementos, pero podríamos recaudar mucho más si usted estuviera ahí.

Yo no siempre soy buena para explicar cómo me siento o lo que pienso. Pero el arte me ayuda a encontrar mi voz. Como cantante, estoy segura de que usted entenderá.

Me detengo y pienso antes de agregar una línea más.

Si usted viene, me aseguraré de que papi tenga una docena de aquellos burritos para usted.

Cordialmente,

Stef Soto.

❈ ❈ ❈

Esta tarde, de camino hacia la estación de servicio donde me encuentro con Papi, dejo la carta en un buzón postal. «Por favor, por favor, por favor, por favor, *por favor* que funcione», susurro mientras cae la carta. Luego de eso, lo único que resta por hacer es esperar.

Todos los días, después de que Papi y yo llegamos a casa de la comisaría, yo reviso el correo, buscando una carta de Viviana Vega. Todos los días, lo único que encuentro son cupones de comida rápida y anuncios de mueblerías.

Capítulo 30

Tía Perla no me ha recogido de la escuela desde antes de la gran reunión con el concejo municipal, de manera que me cae de sorpresa, y no desagradablemente, escuchar el *pip pip pip* de su claxon al salir de la escuela.

—Nos vemos, chicos —me despido de Arthur y de Amanda. Comienzo a caminar hacia Papi y luego me detengo, justo en medio del aparcamiento. Los padres tocan el claxon y viran alrededor de mí, pero durante un momento, permanezco inmóvil. Pegado adentro de la ventanilla del lado del copiloto de Tía Perla, se encuentra un anuncio: A la venta.

Al abrir la puerta no sé qué decir, así que solo arrojo mi mochila y me abrocho el cinturón de seguridad, intentando averiguar en qué puede estar pensando Papi.

—O sea, ¿es un chiste? —digo abruptamente luego de más o menos una milla—. ¿Después de todas esas llamadas? ¿De los discursos? ¿Del concejo municipal? ¿Después de que *ganamos*? ¿Cuál fue la razón? ¿Siquiera Mami sabe?

Papi se detiene, aprieta con ambas manos el volante y voltea a verme. Él me dice que habló anoche con Mami después de que yo me fuera a la cama. Ella lo entiende.

—Has visto todos esos camiones de comida nuevecitos de la comisaría, mija —dice él.

Pienso en los nuevos camiones que he visto en el aparcamiento: Tip Top Tapas, Bánh Mì Oh My, Chai Chai Again. De cromo reluciente y pintura flamante.

—Sabes que amo a Tía Perla, pero yo también tengo que admitir que luce demasiado gastada, ¿no? Es muy difícil encontrar clientes y no creo que podamos competir durante mucho más tiempo —menea la cabeza—. No. Volveré a pintar, y quizá algún día ahorraremos lo suficiente para otro camión, quizá para un verdadero restaurante esta vez.

Todavía no me parece coherente.

—¿Entonces para qué trabajamos tan duro; para qué nos levantamos a hablar en frente de toda esa gente si íbamos a renunciar? —Durante meses he deseado que Tía Perla simplemente salga de mi vida; pero ahora que está sucediendo, quiero frenar de golpe.

—Lo hicimos —dice Papi escuetamente—, porque nuestros compadres nos necesitaban —mira el espejo retrovisor y volvemos de vuelta a la carretera—. Ahora. ¿Qué tal si nos tomamos la noche libre? ¿Vamos a Suzy's?

Papi habla sin parar durante la cena: acerca del baile, acerca de sus planes para el jardín, acerca del ascenso de Mami. Acerca de todo menos del camión de tacos. Yo intento escucharlo. Trato de imitar sus sonrisas. Trato de al menos disfrutar la comida, pero todo me sabe desabrido.

De vuelta en casa me siento en el sillón con la pila del correo de hoy y enciendo la lámpara, sin esperanzas de encontrar algo.

Factura. Factura. Revista. Solicitud de tarjeta de crédito. Suspiro y coloco la pila en la mesa de centro, donde Papi y Mami pueden revisarla más tarde. Luego me percato de un sobre que está en el suelo.

Está dirigido a mí. Debí haberlo tirado.

Me paro de un salto. El latido de mi corazón retumba en mis oídos y comienzan a sudarme las palmas de las manos mientras sostengo el sobre con ambas manos, con una repentina incertidumbre de abrirlo o no. Ya llegó: este es el momento en que se decide si soy Stef Soto, la Reina del Taco; o Stef Soto, la heroína de séptimo grado.

Rasgo el sobre. Lo primero que saco es una fotografía blanco y negro de Viviana Vega. En el borde de la imagen se encuentra una nota garabateada en tinta plateada: «¡Gracias por escuchar,

Stef!». Debajo se encuentra un remolino de letras que no logro leer. Me imagino que es su firma.

No sé cómo interpretarlo. No hay nada acerca de mi carta, nada acerca del baile. Reviso de nuevo el sobre.

Esto parece más prometedor. Saco un pedazo de papel doblado a la mitad. Lo desenvuelvo rápidamente y mis ojos recorren aprisa las letras impresas.

Querida señorita Soto:

¡Gracias por tomarse el tiempo de escribirle a Viviana Vega! ¡A ella le encanta saber de admiradores como usted! Manténgase en contacto con Viviana al unirse al club de admiradores de Viviana Vega. Por una cuota única de membresía, usted recibirá noticias regulares de Viviana, ¡y sabrá si está de gira o en el estudio! ¡Siempre será la primera persona en saberlo!

Demasiados signos de admiración y muy poca ayuda.

He estado sosteniendo la respiración, y después de leer la nota, el aliento sale de mí a toda velocidad como el aire de un globo ponchado. Ella no vendrá. Y peor aún, ella ni siquiera leyó mi carta, probablemente ni siquiera la ha visto. Me hundo en el sillón con mi corazón punzante en las manos. ¿Ahora qué?

Capítulo
31

A la mañana siguiente, la señorita Barlow escribe en el pizarrón nuestro ejercicio de escritura: Te despiertas y te das cuenta de que eres invisible. ¿Qué harías?

Es fácil: celebrar.

—Solamente diles a todos la verdad —dice Amanda cuando les muestro a ella y a Arthur la carta. Arthur pide la foto autografiada para guardarla como parte de su colección de recuerdos de música pop. Por mí está bien.

—Amanda tiene razón —asiente Arthur—. O sea, ni siquiera es para tanto. Estoy seguro de que nadie pensó que de verdad iba a venir. Solo están felices de que tengamos un baile.

Después de clases, en el estudio de artes, el señor Salazar les pide los reportes finales a todos los capitanes de los equipos.

150

El equipo de refrigerios tiene doce docenas de copas de helado guardadas en el refrigerador de la cafetería, además de seis paquetes de agua embotellada y otros seis de gaseosa.

—Bravo —dice el señor Salazar. Da unos cuantos aplausos lentos, y el resto del salón se une a sus aplausos.

El equipo de publicidad ya colgó mis carteles en todos los baños y los pasillos. Algunos maestros incluso los pegaron en sus salones. Y mañana, durante los anuncios matutinos, Maddie les recordará a todos los chicos de secundaria que asistan al baile. Otra ronda de aplausos.

Amanda se pone de pie después, reportando que su equipo comenzará a decorar la cafetería mañana después del almuerzo.

—Felicidades. Suena a que este proyecto será un éxito rotundo. — El señor Salazar le agradece.

También suena a que el señor Salazar me va a saltar. Hasta que Christopher lo interrumpe.

—Espere, ¿qué hay de Viviana Vega?

De pronto, todo el salón me está mirando; el señor Salazar luce confundido, pero todo el salón luce ansioso.

—Todo va de maravilla —murmuro mirando hacia mi regazo.

Amanda me da una patada debajo de la mesa. Arthur abre sus ojos como platos, como si estuviera intentando hacerme decir la verdad por telepatía.

Bien. Solo terminemos con esto.

—Ella no vendrá.

Silencio.

Sin saber qué más hacer, Arthur y Amanda comienzan a aplaudir, pero no tan fuertemente como para opacar los quejidos de desilusión que recorren el estudio. Es Julia, ¿quién más?, que hace callar a todos.

—Chicos, en serio. *Naaaa*die pensó que en realidad Stef iba a hacer que Viviana Vega viniera al baile.

No sé si me siento ofendida o aliviada.

—*Entonces* —continúa ella—, hablé con mis padres, ¡y ellos pagarán un DJ! O sea, uno de verdad. Será *asombroso*.
—Ella brilla, como siempre.

E incluso sin la ayuda del señor Salazar, explotan los aplausos.

—¿Qué hay de la lista de reproducción de Arthur? —protesto. Él está desplomado en su banco, con su capucha cubriéndole media cabeza.

Pero nadie me escucha. Julia es de nuevo el centro de atención, y yo soy la chica que tiene más probabilidades de oler a salsa de taco. Cuando el señor Salazar dice que es hora de marcharnos, recojo mis cosas sin mirar hacia atrás, sin siquiera despedirme de Arthur ni de Amanda. Camino aprisa por el aparcamiento.

Capítulo 32

Le llamo a Amanda desde mi celular justo después de terminar mi tarea. Esto cuenta como emergencia.

—Entonces, ¿qué tan malo es? —le digo terminantemente.

—Ah, *hoooola* —dice ella con una sarcástica dulzura emotiva—. Estoy *biiiien*. Muchas gracias por *preeeeguntar*.

Aclarado el asunto. «Está bien, está bien, lo siento. Pero por favor, ya dime. ¿Qué estaban diciendo después de que me fui?».

—No lo sé —bosteza—. No mucho. Creo que algunos están molestos contigo. Pero todos piensan que el DJ es buena idea. Obviamente, con excepción de Arthur.

No me convence.

Mami y Papi no me permiten quedarme en casa después de la escuela el viernes, pero no pueden obligarme a asistir al baile.

Ni siquiera Arthur y Amanda pueden hacerme cambiar de parecer. Lo intentan todo el día, pero no hay forma de que vaya.

—Vamos —insiste Arthur una última vez antes de entrar en el coche de su mamá—. Si yo puedo ir, tú puedes ir. Apuesto a que todos están comenzando a olvidar todo el asunto de Viviana Vega.

Bueno, yo no estoy a punto de recordárselo.

Encuentro a Tía Perla esperándome en su antiguo lugar en la lejanía del aparcamiento, creo que por última vez. Papi está asomándose por su ventanilla bajada, hablando con una mujer con falda hasta las rodillas y zapatillas puntiagudas negras. Ella me parece algo conocida, pero no es hasta que me acerco más que reconozco que es la señora Sandoval.

—... pude encontrar una niñera para su hermano, pero sé que detestaría perderse el baile, entonces si no es mucha molestia de verdad...

No puede ser. ¿La señorita independencia necesita un aventón?

—No es problema. — Papi menea la cabeza—. Llevaré a las chicas al baile y después las traeré a casa. Puede recoger a Julia en la mañana.

La señora Sandoval le agradece y finalmente se percata de mí.

—¡Stef, te hemos extrañado! —dice ella—, dando un paso hacia atrás, como si estuviera admirando una pintura. Ella revisa su reloj—. Ay, será mejor que regrese al trabajo. Niñas,

154

diviértanse en el baile. Estoy muy orgullosa de todo el trabajo que han hecho.

Cuando se aleja lo suficiente para no escuchar, le recuerdo a Papi que no voy a ir al baile.

—No tienes que ir —dice él—, pero parece que vamos a llevar a Julia.

Ninguno de nosotros sabe bien qué hacer después. ¿Regreso a buscarla? ¿Tocamos el claxon? Afortunadamente, la señora Sandoval ya pensó en eso. La identifico entre la multitud que continúa deambulando frente a la escuela. Ella alisa el suéter de Julia, y parece que le está explicando algo. De pronto, Julia se jalonea y refunfuña. La señora Sandoval levanta los brazos y comienza a caminar de vuelta hacia Tía Perla. Segundos más tarde, Julia echa para atrás la cabeza y la sigue.

Cuando llegan al camión, la señora Sandoval le sonríe a Papi, como diciendo: ya sabe cómo son los niños. Luego besa a Julia en la frente y prácticamente la empuja al interior.

—*Diviértanse*. Sé am*able*. —Julia cierra la puerta de golpe. Ella siente que estoy tratando de hacer contacto visual y desvía la mirada, examinándose las uñas como si se acabara de percatar que tienen incrustaciones de diamante.

Nadie dice nada de camino hacia la casa. En una ocasión, en el alto, Papi comienza a golpetear el volante nerviosamente hasta que le digo con un codazo que se detenga. No estamos seguros de que pueda hacerla hablar.

De vuelta en nuestra casa, Papi abre la puerta principal y Julia se dirige sigilosamente hacia mi habitación, como si no hubieran pasado siglos desde la última vez que estuvo de visita. Papi y yo nos hacemos un gesto, y yo sigo a Julia por el pasillo. La encuentro extendida en mi cama. Ella se coloca las manos en el rostro y me detiene antes de que yo pueda emitir palabra.

—Ni siquiera.

Yo desvío la conversación.

—¿Por qué no tomas el autobús y ya?

—¿Verdad? —Ella se sienta—. He abordado el autobús todo el año y parece que ellos *todavía* no confían en mí. Tengo que enviarles un *mensaje* cuando abordo, *mensaje* cuando desciendo, y si llevo *dos* minutos de retraso, es como que quisieran llamar al FBI o algo así.

—¿Entonces *nosotros* te llevaremos al baile?

—Supongo.

—¿Y no te preocupa oler a tacos?

Julia abre la boca, pero cambia de parecer y se desploma otra vez sobre mi cama.

—No sé por qué digo cosas así. Maddie pensaba que yo era... buena onda o lo que sea. Y... yo no sé. Lo siento. De cualquier manera, ¡*tú* eres quien me cambió por Amanda!

Ahora soy yo quien abre la boca, estoy a punto de lanzar un argumento, hasta que me doy cuenta de que sí tiene algo de verdad. Nunca antes lo pensé así, pero entre más tiempo pasaba con Amanda, menos tiempo pasaba con Julia, incluso antes de que Julia tomara el autobús hacia la escuela. No fue a propósito. Supongo que simplemente Amanda y yo teníamos más en común. Nos divertíamos más juntas.

—También lo siento —me deslizo hacia el suelo con la espalda contra la pared, y me quedo ahí sentada hasta que Julia rompe el incómodo silencio al bajarse de un salto de mi cama e irrumpe en mi armario.

—Siéntete como en casa —le digo, levantándome para detenerla, aunque rápidamente me doy cuenta de que no hay razón para intentarlo.

—Bueno, el genio de mi mami no pensó en empacarme ropa extra —responde ella desde el interior de mi armario, con voz ahogada por mis suéteres y mis vestidos—. Y obviamente no voy a ir con mi *uniforme*. ¿Qué vas a ponerte?

Le digo que no asistiré al baile. Podemos darle un aventón, pero yo no asistiré.

—No seas tonta —dice ella—. Toma —vuela a mi rostro un suéter negro abotonado. Tan pronto como logro retirarlo, me golpea una falda color ciruela.

—¡Oye!

—Solo póntelos.

Suspiro y comienzo a cambiarme. Es más fácil que pelear con ella. Minutos más tarde, Julia sale de detrás de la puerta de mi armario con un vestido veraniego floreado y una chamarra de mezclilla con las mangas enrolladas hasta los hombros. El atuendo luce como si lo hubiera estado planeando durante semanas, pero a la vez fuera espontáneo. Eso es demasiado molesto.

—Al menos no tienes un gusto terriblemente malo —dice ella.

—¿Eres así de encantadora cada vez que robas la ropa de alguien?

Se encoge de hombros y sonríe, tan brillantemente dulce como siempre.

—Ahora —me ordena—, siéntate.

Dejo que Julia me intimide a sentarme en la silla de mi escritorio, pero creo que ni siquiera ella es tan mandona como para obligar a mis rizos a comportarse. Sin embargo, ella tuerce y jala y tira y rocía, y, de alguna manera, funciona. Mami estaría emocionada.

Capítulo
33

Nos dirigimos en Tía Perla hacia la escuela, y yo estoy apretujada entre Papi y Julia en el asiento largo. Cuando llegamos, Papi le dice a Julia que regresará en un par de horas y que le llame si necesita algo.

—Nos vemos —le digo.

Julia azota la cabeza hacia atrás.

—*Vamos*. Ya estamos retrasadas. No voy a entrar ahí sola. —Ella me toma de la muñeca y me jala.

—No, te dije que no voy a ir —jalo hacia atrás mi brazo y me planto firmemente en medio del asiento.

—Stef, *en serio*, ¿vienes conmigo? —de verdad me está pidiendo que vaya con ella y no solo intentando mandarme. Al decidir que quizá pueda revisar a Arthur y ver cómo resultaron los

159

adornos de Amanda, me deslizo hacia fuera y le digo a Papi que regresaré.

A medida que nos acercamos al gimnasio, espero escuchar música. En cambio, lo que escucho son dos chicos, los cuales no reconozco de Saint Scholastica, de vuelta hacia el aparcamiento.

—Solo haz que tu mamá venga ya por nosotros. ¿No hay Viviana *ni* hay baile?

Julia y yo intercambiamos miradas y comenzamos a caminar más rápidamente.

Afuera del gimnasio, los alumnos están merodeando y lucen aburridos y desilusionados. Los maestros que vinieron a cuidarlos están apiñados, moviendo la cabeza y encogidos de hombros. Unos cuantos padres están por ahí, mirando sus relojes. El señor Salazar camina de un lado al otro del pasillo techado, sosteniendo con la mano el teléfono en una oreja y con la otra mano presionándolo.

Encuentro a Arthur y él se acerca, bajándose los audífonos al cuello.

—Pensé que no vendrías.

—No voy a venir. ¿Qué está pasando?

—Se fue la electricidad en el gimnasio. El señor Salazar está intentando arreglarla, pero el helado ya se derritió y las gaseosas están tibias. No hay luces, no hay bocinas, no hay música.

Eso quiere decir que no hay baile. Los maestros han comenzado a regresar las entradas.

Y creo que eso significa que no habrá suplementos de arte.

—¿Qué *sucedió*? —pregunta Julia.

—El DJ —dice Arthur— reventó un circuito cuando estaba instalando.

Julia grita con las manos en la boca:

—¡No, no, no, no, *no*! —Ella saca su celular y marca con frenesí. Al ver que su mamá no responde, ella grita de nuevo y sale corriendo. No la culpo. Este baile es un desastre, y es nuestra culpa. Parte de mí quiere seguir a Julia, arrastrarse debajo de la cama y esconderse para siempre. Pero parte de mí sabe que no podemos dejar este lío detrás. Entonces cierro los ojos y pienso. Duro. Desde adentro.

Y luego se me ocurre algo.

Le digo a Arthur que busque a Amanda y se encuentren conmigo en el aparcamiento. Luego voy detrás de Julia y la tomo del codo. Ella se voltea de golpe:

—Mejor *vámonos*.

—No —le digo—. ¡Tía Perla!

—¿Tía *qué*? —pero a medida que comienza a entender, las luces de su sonrisa comienzan a encenderse de nuevo.

—Iré a hablar con mi papá; diles a todos que el baile se muda.

Cuando llego al camión, Papi está tarareando solo, con un brazo colgado hacia fuera de la ventanilla. Abro la puerta y él comienza a girar la llave.

—¿Lista para marcharnos? ¿Llevamos afuera a Tía Perla un par de horas hasta que llegue la hora de recoger a Julia?

—No, espera —jadeando, intento explicarle el fiasco del baile tan rápidamente como puedo—. ¿Podemos encender Tía Perla, como... aquí mismo?

Él comienza a asentir, primero lentamente, pero después con vigor.

—¡Órale! —dice como gruñido. Esta vez significa «¡SÍ!». Luego da una palmada en el volante tan fuertemente que resuena el claxon, como si Tía Perla estuviera gritando de emoción. «¡Órale!».

Capítulo 34

Arthur y Amanda se acercan corriendo hacia el aparcamiento mientras Papi conecta el generador de Tía Perla y yo levanto el toldo. Amanda encuentra en la cocina una bolsa de orden para llevar, escribe con marcador negro Donaciones en el costado y la coloca en la mesa de tarjetas. Arthur saca de la hielera un montón de gaseosas y comienza a pasárselas a los alumnos, a los padres y a los maestros que siguieron hasta aquí a Julia pero que aún no saben qué está sucediendo. Regreso aprisa a la cabina, bajo las ventanillas y subo el volumen de la radio de Papi. Otra vez tiene sintonizada música de banda. No, gracias. Muevo el sintonizador y, como por arte de magia, encuentro a Viviana Vega.

Me siento hundida en el asiento para recobrar la respiración y disfrutar el momento.

Arthur interrumpe:

163

—¡Oye, regrésala! —grita desde afuera.

Yo asomo la cabeza por la ventana.

—¿Qué?

Arthur, Amanda y Julia me gritan al unísono:

—¡Regrésala!

—*Ah, está bien* —pienso—. ¡Órale!

El alegre y motivador ritmo de la música de Papi comienza a romper los grupos de alumnos de secundaria que están alrededor de Tía Perla. El incremento de las trompetas hace que Julia y Amanda se balanceen hombro con hombro, *chumpa, chumpa.* Los acordes tintineantes de las guitarras relajan las líneas de preocupación de la frente del señor Salazar hasta hacerlo chocar botellas de gaseosa con los demás maestros. Los estudiantes golpetean los pies mientras esperan en la fila para los nachos, las quesadillas, las tortas y, para Arthur, el súper burrito especial de la casa, sin trigo, sin lácteos, sin huevo, sin nueces y sin carne que Papi y yo deslizamos por la ventanilla tan rápidamente como nos es posible.

Yo esparzo cilantro sobre dos tacos callejeros, cuando Papi me detiene.

—Yo puedo con esto, mija. Tú debes estar allá afuera. —Yo miro con duda la línea afuera del camión.

—En serio —él me insta—, ve.

Entonces me entrega una tortilla recién salida de la parrilla, untada con mantequilla. Le doy una gran mordida que se siente tan cálida y tan familiar como el hogar; luego dejo la tortilla sobre la mesada mientras observo a Arthur y a Amanda en la multitud.

Están vendiendo las estrellas de origami de Amanda a cincuenta centavos la pieza. Los alumnos las están balanceando sobre su cabeza como si fueran lazos, y su envoltura metálica parpadea debajo de las luminarias del aparcamiento. Yo les tomo de ambas manos y los acerco a Tía Perla, donde la música está más fuerte. Hago girar a Arthur debajo de uno de mis brazos y a Amanda debajo del otro. Los demás cierran el círculo, y nosotros damos vueltas hasta que nos caemos, riendo.

Parece que tan solo minutos antes los primeros padres comienzan a llegar para recoger a sus hijos. La cocina de Tía Perla está casi vacía, pero la bolsa de donaciones está llena... tan llena que unos cuantos billetes arrugados se han caído al suelo. Julia y yo los recogemos y los metemos en la bolsa, antes de presentársela al señor Salazar.

Él intenta regresarle a Papi algo de dinero. Pero Papi solo se cruza de brazos, menea la cabeza y sonríe.

—¿Cree que sea suficiente? —le pregunto.

Parece que el señor Salazar apenas puede creerlo.

—Yo diría que sí —asiente—, más que suficiente.

Papi nos da a Julia y a mí una gaseosa de fresa cuando todo está ya limpio.

—Les guardé estas.

Volvemos a entrar en la cabina, encendemos la radio a su máximo volumen y cantamos todo el camino de regreso a casa. Ni siquiera me importa quién nos ve.

165

Capítulo 35

Julia y yo continuamos despiertas parloteando en mi habitación, cuando Mami llega a casa luego de su turno en la tienda de comestibles.

Ella toca la puerta antes de darle un empujón.

—¿Chicas? Ya es muy tarde. Escuché que tuvieron una noche emocionante, pero si no pueden dormir, al menos bajen la voz. Papi tiene que levantarse temprano mañana. Alguien va a venir a revisar el camión.

¿Tan pronto? Me desanimo.

Recostadas en el suelo con los pies apoyados en mi cama, Julia y yo recordamos las tardes que pasábamos en la galería principal y acerca de Tía Perla.

—De cualquier manera, ¿por qué tiene que venderla? —bosteza Julia—. O sea, no está *tan* mal.

Ella no está *tan* mal. No tiene nada malo. Y quizá no tenga que venderla.

—Levántate —le doy un codazo a Julia mientras me pongo de pie de un salto.

—¿Para qué? —se queja—. Ya es muy tarde. Escuchaste a tu mamá.

Yo ya irrumpí en mi reserva de suplementos de arte. Voy a salvar a Tía Perla tal como ella me salvó a mí.

—Solo levántate. Y ponte los zapatos otra vez. Y no hagas ruido.

El camino de la entrada está más frío de lo que pensé, pero con nuestra luz súper brillante de la galería, al menos está lo suficientemente iluminado para ver. Temblorosa, chorreo sobre un plato blanco plastas de pintura roja y blanca. Se lo entrego a Julia, enseñándole cómo retocar las rosas desconchadas en el costado de Tía Perla. Mientras ella trabaja, yo le añado un torbellino de nubes azules y verdes parras onduladas, las mismas que hice el día del concierto de Viviana Vega. Solo que ahora, después de todo, no quiero que Tía Perla salga volando de nuestra vida. En cambio, la imagino volando hacia un nuevo y más brillante futuro, con todos nosotros en el interior.

Saco sillas de la cocina, y Julia y yo nos trepamos sobre ellas para poder alcanzar los lugares altos. Al terminar, descendemos de nuevo al césped para examinar nuestro trabajo.

—Luce bien —dice Julia finalmente—. Solo que nunca comprendí el nombre. O sea, ¿si quiera tienes una tía Perla?

Ella tiene razón. Este camión no es solamente la vieja y chiflada Tía Perla; ella es mucho más.

—Todavía no termino aquí —le digo a Julia—. Pero puedes entrar ya —a medida que ella sube de puntitas los escalones principales, yo chorreo dos plastas de pintura en un plato nuevo de papel.

Capítulo 36

Julia está roncando sobre el suelo de mi habitación, cuando mi alarma comienza a gimotear. Yo quiero volver a colocar las sábanas sobre mi cabeza y roncar con ella, pero luego me acuerdo de la cita de Papi. Salgo de la cama, salto a Julia y me dirijo aprisa a la cocina.

Mami y Papi se encuentran en la mesa, bebiendo su café.

—Estefanía —dice Mami—, no esperaba que te levantaras sino hasta dentro de unas horas. ¿Finalmente a qué hora se durmieron?

Yo evado sus preguntas:

—¿Ya llegó ese hombre? ¿Por lo del camión?

—Llegará pronto —dice Papi—. Estaba a punto de salir para limpiar las encimeras.

Entonces no es demasiado tarde.

—Bien —intercambio la mirada, miro a uno y al otro—. Quiero que salgan conmigo. Ambos. Ahora. Por favor.

—¿Estefanía? —pregunta Papi.

—Mija —dice Mami, mirándose el albornoz—, ni siquiera estoy vestida.

Salgo corriendo a toda velocidad, abro la puerta principal, luego abro los brazos para detenerlos.

—De acuerdo, no se enfaden. Solo piénsenlo.

Luego me hago a un lado y extiendo mis brazos hacia el acceso, presentándoles a:

La Reina del Taco.

Ella luce mucho mejor que a la luz de la luna. No luce perfecta, continúa desconchada, pero ya no tan sosa. Fatigada quizá, pero llena de vida, y prometedora.

Mami detiene en la garganta una risotada tan pronto como la ve, y se limpia una lágrima de la mejilla. Papi se acerca.

—Mija... cómo... no puedo... —comienza y se detiene.

—No estoy lista para deshacerme de ella —les digo, elaborando un nuevo discurso, justo ahí en el jardín. Esta vez, en lugar de que la alcaldesa tenga un martillo, estoy enfrentándome con Papi, quien está reteniendo el aliento—. Sé cuán lindos lucen los demás camiones, pero si yo pude hacer esto de un día a otro con Julia, piensen en lo que todos podríamos hacer. Juntos. Y, de todas formas, es como dije: Tía Perla no es en realidad mi tía; pero ella es como de la familia.

Papi recorre con sus dedos las letras recién pintadas, negras con bordes dorados. Él no dice nada hasta que escuchamos que un coche desacelera hasta detenerse frente a nuestra casa. Cuando el hombre abre la puerta, Papi se asusta y camina hacia el comienzo del acceso, deteniéndose entre el hombre y Tía Perla.

—Este es el... —comienza a decir el hombre.

—No —lo interrumpe Papi—. Fue un error. Lo siento mucho, pero después de todo, no está a la venta.

El hombre voltea a ver a Mami, quien sonríe y menea la cabeza. Luego vuelve a abordar su coche y se marcha.

Cuando desaparece, yo corro hacia Papi y salto sobre su lomo. Él me atrapa en las rodillas y suelta una gran risotada, estruendosa.

—¡Órale! —grito, mirando hacia el cielo, y luego hacia el largo, largo camino que nos está esperando—. ¡Órale!

Reconocimientos

A mi familia que está en casa y en Stockton; a las familias de primera generación que me confiaron sus historias durante los años que pasé en el *Record*; a mi agente, Jennifer Laughran; a mi editora, Nikki García, y al equipo Little, Brown; y a David, a Alice y a Soledad: les estoy profundamente agradecida.